Ronso Kaigai
MYSTERY
284

ケンカ鶏の秘密

Frank Gruber
The Scarlet Feather

フランク・グルーバー
巴 妙子［訳］

論創社

The Scarlet Feather

1948

by Frank Gruber

目次

主要登場人物

ジョニー・フレッチャー……………………書籍セールスマン
サム・クラッグ……………………………ジョニーの相棒
ロイス・タンクレッド……………………富豪の娘
ダグラス・タンクレッド…………………証券会社社長。ロイスの父
ウォルター・ペニー………………………養鶏家
チャールズ・ホイットニー・ランヤード…養鶏家。大金持ち
オットー・ベンダー………………………アイオワの床屋
マクネリー…………………………………シカゴ警察殺人課の警部補
ハワード・コーコラン……………………出版社社長
ドクター・ホイーラー……………………外科医
エルマー・コブ……………………………大物ギャンブラー
ホレース……………………………………ペニーの使用人
シム…………………………………………ホレースの仲間
フラグラー…………………………………闘鶏場にいた男

ケンカ鶏の秘密

第一章

リンカーン・パークは夏の間なら朝の散歩にうってつけの場所だが、十一月、それも例によって気温が下がり、ミシガン湖から風がうなりを上げて吹きつけてくる下旬ともなると、湖のほとりを闊歩する人の姿などほとんど見られない。

サム・クラッグもまるで乗り気ではなかったが、ジョニー・フレッチャーには解決すべき考え事がいろいろあった。部屋代をいかにして捻出するか、すでに数時間遅れている朝食にどこでありつくか、などなど。昨晩の夕食については言うまでもない。

それでサムは、デトロイトの「ベンおじさんのニコニコ質屋」の虫除け保管室に預けている厚手のオーバーコートの代わりに、着古した薄いコートのみで震えながら、ジョニーについて歩いていた。どちらも前方の縁石に止まっていたキャデラック・クーペには気づいていなかったが、サムの方は、湖にまっすぐ向かっていくミンクのコートの娘に目を留めていた。

水際までたどり着くと、彼女はミンクのコートをスルリと脱いで地面に落とした。その時サムは、何をするつもりか悟った。

「ジョニー！」と彼は叫んだ。「見ろ……！」

ジョニー・フレッチャーはいら立たしげな素振りをした。「黙って、サム。考え中なんだ」

娘は両腕を広げて不格好に飛び込んだ。

「女の子が飛び込んだぞ」サムは怒鳴った。「服を着たままだ！」

しかしジョニーは水音を聞くやいなや、湖に駆け出していた。

ジョニーが水際から二十フィートまで接近した時、娘の頭が湖面から現れた。もがいてはいたが、本気で杭をつかもうとはしていない。

必死で走りながらジョニーはコートを脱ぎ捨て、浅瀬に飛び込んだ。水が氷のように冷たかったのでジョニーは衝撃であえぎ、口いっぱいの水を飲み込んでしまった。しかし娘のところまではひと掻きほどの距離だった。

手を差し伸べると彼女はピシャリとはねのけ、「放っといて！」と叫んだ。

片腕をつかむと振りほどこうとしたが、彼は容赦なくつかまえていた。「自殺するには水が冷たすぎるぞ」彼は早口でまくし立てた。

小さな固い拳が彼の顔を打った。ジョニーはたじろいで手を離し、うまく向きを変えて娘の脇に回り、いきなり腕を引いて拳を彼女のあごにお見舞いした。

ぐったりした娘をジョニーは難なく杭のところまで運び、そこでサム・クラッグが手を貸し、二人を水から引き上げた。その頃には娘は意識を取り戻し、再び湖に飛び込もうとするのを、サムがずっと止めていなければならなかった。ジョニーはミンクのコートを拾い上げ、彼女を包んでやった。

ジョニーとサムの二人が相手では、娘も太刀打ちできない。「なぜ溺れさせてくれなかったの？」

彼女はヒステリックにわめいた。「もう一度やってしまえばいいんだから」

「その必要はないだろうよ」ジョニーはかなり不機嫌そうに言った。「肺炎を起こして死んでもおかしくないからな」震えながら自分の薄っぺらなコートを捜した。「そしておれもだ」

コートを見つけて羽織ると、彼は振り返って娘の腕をつかんだ。「これでよし、と。さて、家はどこだ？」

彼女は首を振った。「放っといて。頼むから」

サムが「あそこの車から出てきたんだ」と言った。

二人で娘を挟んで半ば抱え、半ば押し出すようにキャデラック・クーペまで運んでいくと、ジョニーは車内を覗き込み、所有権証を見つけた。「シカゴ、レイクショア通り一四九八、ロイス・タンクレッド」

彼は彼女を車に押し入れ、サムがそのそばに乗り込むのを見届けると、回り込んで運転席に座った。キーはイグニッションにささっており、彼は車を発進させた。

その住所は彼女が自殺を試みた場所からわずか半マイルで、五分と経たないうちにジョニーは、かつてシカゴのニアー・ノース・サイドに点在していた、古き時代の「城」の生き残りの前に到着した。

短いドライブの間に娘は落ち着きを取り戻したが、そのあごはまだかすかに震えていた。

「君は自殺したがってる」ジョニーは憤然として言った。「だけどキャデラックを持っていて、二十五万ドルはしそうな小屋にお住まいだ。おれとサムなんて二人合わせても一ドルも持っていないし、今夜限りで寝るところすらなくなるって有様だが、生きていてうれしいがね……」

ジョニーは運転席から外へ出て車をぐるりと回り、サムとともに娘を車から引っ張り出した。鉄の扉を開け、彼女を短い小道から邸宅のドアまで連れて行った。

ドアの前に着くのと同時に内側から開き、高慢そうな中年女性が驚きの声を上げた。「ロイス、いったいどうしたの？」

「ちょっとした事故に遭いましてね」ジョニーは言った。「お連れした方がいいかと……」

ジョニーは言葉を切った。ロイスは彼の手から逃れると女性のそばをすり抜け、家の中へ消えていった。女性は彼女の後を追いかけようとしたが、足を止めてジョニーとサムの方を振り返った。

「お世話様」冷たく言い放つとドアを閉めた。

「おいおい、こいつはおったまげたぜ！」とジョニー。

「娘の命を助けたおれたちの目の前で、ドアを叩きつけるとはな」サムはいまいましげに大声を上げ、ドアへ向かった。「あの女にちょっとばかり教えてやる」そしてドアのベルを荒っぽく鳴らした。

ドアはほとんど瞬時に開き、そこにいたのは制服を着た陰気な顔つきの執事だった。「何でしょうか？」彼は尋ねてきた。

「おれたちの鼻先でドアを叩きつけた、あのおばさんに話が……」サムは切り出した。

執事は答えた。「ミセス・タンクレッドはおばさんではありませんし、ドアを叩きつけたりはしません」しかし彼は叩きつけた。

サムは罵り始めたが、ジョニーは濡れた服のままで震えながら走り出した。「おれは凍死なんてごめんだぞ」

彼は小道を駆け抜け、鉄の扉を通って車に飛び乗った。サムが助手席のドアを開けた時、彼はスタートボタンを押しているところだった。

「車を置いていかないのか、ジョニー？」

「おれたちにタクシー代があるか？」ジョニーは語気荒く問い詰めた。「もしあったとしても、タクシーをここで十分も待つ気はないからな。寒いのなんの……」

エンジンがかかり、彼はギアをローにシフトしたが、足はクラッチペダルに載せていた。「早く！」サムが車に飛び乗り、まだ座りきらないうちに、ジョニーは道端から勢いよく発進した。

ジョニーは下町までの信号機をほぼ無視したが、幸運に恵まれていた。彼の運は、イーグル・ホテルという名のみすぼらしい六階建ての建物に着くまで持ちこたえた。空きのある駐車場が前面にあった。彼はイグニッションキーを抜くとサムを連れてホテルに入っていった。

小さなロビーで二人はホテル唯一のエレベーターへ向かったが、たどり着く前に、巨漢でかぶと虫の触角のような眉をした、三十代後半のマカフィーという支配人に回り込まれた。

「ミスター・フレッチャー」彼は大声で呼んだ。「話があるんだ……」

「わかったよ」ジョニーはうなった。「だが手短にな」

その時支配人は、滴を垂らしているジョニーの服に目を留めた。「どういうつもりだ――そこらじゅう水浸しにする気か？」

ジョニーはコートの前を開いてスーツの有様を見せてやった。「あんたのせいでおれはこのザマだ」となじった。「わずかなケチ臭い請求書のことで、おれを追い詰めやがって。家から小切手を送ってくるって言ったよな。だけどあんたは待ってられないときた……今日には薄汚い金を手にできたのに……」

ミスター・マカフィーは仰天してジョニーを見つめた。「つまり……溺れて死のうとしたってことか？」

ジョニーはサムの肩をポンポンと叩いた。「この誠実な友がいなかったら、今頃湖底に沈んでいただろうよ」

彼は芝居がかった仕草でコートを再びかき寄せ、エレベーターに乗り込んだ。その時マカフィーは、サムの服が濡れていないことに気づいた。

「おい」彼は声をかけた。「彼があんたを助けたなら、なんで服が濡れていないんだ？」

「別に飛び込む必要はなかったんだ」ジョニーは言い返した。「おれを説得して思いとどまらせたのさ」

こみ上げる怒りに顔をゆがめ、ミスター・マカフィーは向かってきたが、その瞬間エレベーター・ボーイが扉を閉め、さらなる攻撃からジョニーを救ってくれた。

「感じのいい奴じゃないか」ジョニーはエレベーター・ボーイに感想を述べた。

「ああ」相手はうなずいた。「こん棒があれば、いつか暗い夜道で会いたいもんだぜ」

第二章

四階でジョニーとサムは降り、四〇四号室へ向かった。ジョニーは鍵を開け、ドアの隙間から差し込まれていた手紙を拾い上げた。

「エクスプレス社だ」彼は大声を上げた。「やっと！」

しかし封筒をびりびりと開けると嘆きの声を上げた。「モートが本を着払いで送ったとさ――三ドル二十セントだ！」

サムはうめいた。「いっそ送ってくれない方がよかったのに」

「さて」ジョニーは達観した様子で言った。「我々には二十セントあるから、三ドル調達すればいいだけさ」

彼はトップコートを脱ぎ、濡れた服を引きはがし始めた。かすかに温かいラジエーターの上にそれらを広げながら震えていた。

「乾くのに丸一日かかるよ」彼はこぼした。クローゼットまで行くと使い古したスーツケースを引っ張り出した。中身については十分知っていたが、もしかしたら記憶にない洋服の類いが入っているかもしれないと、当てにならない望みを抱いていたのだ。

そんなものはなかった。スーツケースには替えのシャツ二枚、靴下が二足、白いフランネルのズボン一着、それと少し汚れた白い靴が一足だけだった。

「よかろう」彼は言った。「我々がパーム・ビーチにいるならな」

サムは鉄製ベッドの片方に腰掛け、「たぶんパーム・ビーチに行っとくべきだったね」と陰気に言った。「あそこならビーチでも寝られただろうよ」

「ここでだって十分眠れてるじゃないか、サム」

「どうかな。おまえは下でマカフィーをうまくかわしたが、夕方にはおれたちがおん出されるんじゃないかって気がするよ」

「夕方にはまとまった金が入ってるさ」とジョニー。

「どうやって？」

「感謝の念ってもんがあるだろう？　女の子の命を救ったんだから――」

「で、そのおふくろさんは、おれたちに門前払いを食わせたがね」

「あの時は寒すぎて、言い争う気になれなかったんだ」ジョニーは言った。「だが次の勝負がやってくる……おまえの青いセーターはどこだ？」

「ドレッサーの中だ」

ジョニーはひびの入ったドレッサーの引出しを開けた。そしてサムの青いセーターを見つけて着た。サムの体重は二百二十ポンド（約百キロ）あったがジョニーは一七〇ポンド（約七十七キロ）ほどで、セーターは身体に合っているとは言えなかったが、暖かかった。

彼は顔をしかめてトップコートを取った。濡れたスーツの上から着たせいですっかり湿っていたが、ともかく羽織った。

「さあ、もう一度やってみよう」彼は言った。

サムは立ち上がったが、まったく気乗りしない様子だった。「この部屋の見納めになるんじゃないかって気がしてならないね」

ジョニーはみすぼらしい小部屋をさっと眺めた。「羽振りが良かった頃は、もっとましな部屋を見てきたぞ」

「おれだってそうさ」サムは言い返した。「だけど同じように、この部屋を恋しく思うようになるだろうよ」

ミスター・マカフィーはどこか別の場所で忙しかったらしく、二人は無事ロビーを抜けることができた。

ロイス・タンクレッドのキャデラックのハンドルは、駐車違反の呼び出し切符で飾られており、ジョニーは車を荷物の積み降ろし場所に停めたことに気づいた。

「いい気味だ」彼は言って、切符を細かく引き裂いた。それから運転席に乗り込み、車線に入っていった。

ウェルズ通りを走って川を渡ると、彼は急に車を道路脇に寄せ、前に手を伸ばしてグローブボックスを開けた。そして一握りの紙類を取り出した。ロイス・タンクレッドがキャデラックの所有者である証明書、彼女の運転免許証、四通の手紙、すべて宛先はロイス・タンクレッドだった。

手紙の日付は数日前で、おそらくロイスはある日出がけに郵便配達人と出くわし、手紙を受け取ってそのまま忘れてしまったのだろう、とジョニーは推測した。

一通は大きな百貨店からで、四十九・五ドルの帽子の代金の請求書が入っていた。二通目は次号の年鑑用に履歴を問い合わせてきた、全米女子学生クラブからのものだった。三通目はチェルトナム・アームスにあるキティとスティーブのアパートで開催される、カクテルパーティーへの招待状だった。

四通目は緑色のインクで宛名が書かれ、中には折り畳んだ安っぽい紙が入っていて、たった二語「明日　来い」と殴り書きされていた。サインも差出人の住所もなかったが、封筒の中には長さ二インチほどの赤い羽根があった。ジョニーはそれを注意深く調べた。サムはそんな彼をぼんやり眺めていた。「ただの羽根だろ」

「ああ、だがどうやってここに入った？」

「たぶん鶏を育ててるんだろ」

「レイクショア通りで？」

サムは肩をすくめた。「鳩の羽根かもしれないさ」

ジョニーは赤い羽根を封筒に入れ、ポケットに突っ込んだ。そして他のものをグローブボックスに戻した。

「なんでそいつを取っとくんだ？」サムは不審そうに尋ねた。

「なんとなくね。もしもの時のために」

彼は再び発車し、数分後レイクショア通り一四九八から五十フィートの地点で車を停めた。そして外に出た。

「ここで待ってるよ、ジョニー」サムは言った。

「いや、おまえのデカさが頼りなんだが」

「そんな事態になりそうなのか？」

「どうだろうな」

サムはジョニーの後から一四九八のドアまで行ったが、とてもうれしそうには見えなかった。

ジョニーがドアのブザーを押すと、ややあって制服の執事が開けた。「何です？」男は冷ややかに尋ねた。

「おれたちはミス・タンクレッドの命を助けたんだ、覚えてるよな？」ジョニーはこれ以上ないほどにこやかに言った。

執事はフフンと鼻を鳴らした。「台所まで行けば、何かしら食べ物にありつけるよう料理人に言っておこう」

「へええ、そりゃまたご親切なことで」とジョニー。「だがミス・タンクレッド——あるいはミセス・タンクレッド——に、おれたちから話があると伝えてこないと、その歯をへし折るぜ」

「ミス・タンクレッドはお休み中だし、ミセス・タンクレッドは——」

「連れてこい！」ジョニーは怒鳴った。

執事はドアを閉めようとしたが、サムが戸口に足を突っ込み、ドアが当たると押した——ゆっくりと。その力だけで執事はよろめき、ドアは勢いよく開いた。

執事は立ち直るとジョニーとサムをにらみつけた。そしてドアを開けたまま向きを変えて、視界から消えた。ジョニーは屋敷の中へ足を踏み入れ、玄関のホールから羽目板張りの広い廊下を覗いたが、そこはイーグル・ホテルの八部屋分より大きかった。

「ちょっとした小屋だな」彼はサムに感想を述べた。「だがこういう古い家の水回りは良くないらしいがね」

ミセス・タンクレッドが現れ、後ろには執事がぴったりくっついていた。彼女は前に進み出たが、唇は薄い線になるまで固く閉じられ、目は抑えつけた怒りでギラギラしていた。

「この騒動は何ごとです？」彼女は問い詰めた。

「騒動ですと、マダム」ジョニーはきっぱりと言い返した。「娘さんの命を救ったのに――」

「何のことをおっしゃっているのかわかりません」ミセス・タンクレッドはさえぎった。「娘はたまたま湖畔を歩いていて、足を滑らせて水に落ちてしまったんです。泳ぎのうまい子ですから、難なく水から上がれたでしょう。あなたが飛び込む必要はなかったのです」

「ほう、そういう話になっているんですね」とジョニー。

「これが事実です」ミセス・タンクレッドは再び鼻であしらった。「でも百歩譲って、無我夢中のあまり洋服を濡らしてしまったということで、クリーニング店の請求書を送っていただければ、全額弁償いたしましょう」

「ありがとうございます、マダム」ジョニーはそう言って頭を下げた。「そこまでご親切にしていただけるとは、お優しいことです」そして踵を返すと歩み去った。

彼が三歩と進まないうちに、ドアは大きな音を立てて閉まった。

「マダムはドアを叩きつけたりはしません、だとさ」通りへ向かって歩きながら、ジョニーはサムに言った。

サムは激しい口調で言った。「あれがおれの女房だったら、ビールに砒素を入れてやるところだ」

彼らは通りを歩いてキャデラックに戻り、乗り込むとノース大通りからクラーク通りへ向かい、そこでジョニーは車を停め、ドラッグストアへ入った。

並んだ電話ボックスを捜し当て、電話帳を見つけた。ページをTまで繰った。タンクレッドという名は二つしかなかった。一つはウェストサイドの住所だった。もう一つの電話番号にはこう書かれていた。「ダグラス・タンクレッド投資信託会社、クロッカー・ビル、ステート通り　三ー一一二七」

ジョニーは電話番号を書きとめ、ボックスに入り、全財産の四分の一を硬貨投入口に入れた。番号にかけると間髪入れずに「タンクレッド・アンド・カンパニーです」という声が返ってきた。

ジョニーは言った。「『デイリー・メール』の地方版編集部の者です。ミスター・タンクレッドとお話ししたいのですが」

「申し訳ございませんが」とタンクレッド社の交換手は言った。「ミスター・タンクレッドにはお取次ぎいたしかねます」

「こう伝えてください」とジョニー。「お嬢さんが今朝自殺を図ったという記事について、確認させていただきたいとね」

息をのむ音がはっきりとジョニーに聞こえた後、交換手はあまり滑らかとは言えない口調で答えた。

「少々お待ちください」

長い沈黙が続いた後、突然男の声が飛び込んできた。「娘のことで何だって?」

「お電話したのは、お嬢さんが一時間ほど前に自殺を図ったという事実について、確認させていただきたく――」

「気でも狂ったか!」タンクレッドは割り込んだ。

「そうでしょうか?　さて、ここにロイス・タンクレッドという女の子が、リンカーン・パークで湖に飛び込み、ジョン・フレッチャーという男に救出されたという記事がありますが」

「バカバカしい」タンクレッドは叫んだ。

「そうですか？　ではご自宅にお電話してみたらいかがでしょう」

タンクレッドはどうやらその通りにすると決めたらしく、電話がカチリと鳴るのがジョニーの耳に聞こえた。

彼は受話器を戻しドラッグストアを出て、車へ戻った。サムが興味津々といった様子で彼を見つめた。

「それで？」

「それでおれたちはまとまった金にありつくってわけさ」

ジョニーは再びキャデラックを中心地区へと走らせた。そしてラサール通りでクロッカー・ビルを見つけたが、一ブロック以内で空いている駐車場がないこともわかった――消火栓の前の場所を除いては。彼はそのうちの一つに駐車し、サムと一緒に、きれいで近代的な三十数階建ての事務所ビル、クロッカー・ビルへと入っていった。

第三章

ビルの案内板から、Ｄ・タンクレッド社は二十階にあることがわかり、またエレベーターを上がってみると、この会社はフロアのほとんどを占めているとわかった。

受付には真っ赤な革張りの椅子とソファが数多く置かれていた。もう何年もハイネックのレースの襟をつけているように見える受付係は、ジョニーとサムを品定めするように眺めた。

「ミスター・タンクレッドにお取次ぎ願います」ジョニーは言った。

「お約束でしょうか？」

「お嬢さんの命を救った男だとだけお伝えください」

受付係は、まるで猫が夜の徘徊で拾ってきた物のように、彼をじろじろ見た。しかしようやく内線をつないだ。「ミスター・タンクレッド、お客様がいらして、ミス・ロイスの命を救ったと……はい、承知しました！」

彼女は電話を切った。「お入りください」

「どこへ？」

「廊下をまっすぐ行って突き当たりのドアです」

それは長い廊下で、一番手前には受付係の業務スペースがあった。壁は松材の羽目板張りで、さまざまな名前が金文字で記された重厚なドアが並んでいた。突き当たりのドアにはミスター・タンクレッドの私室と刻まれていた。

ジョニーがドアを開けると、中の部屋は一街区よりわずか数フィート小さいくらいの広さがあった。しかもそこはミスター・タンクレッドの私設秘書の部屋で、磨き上げた出っ歯が最大の特徴という、三十がらみの女性がいた。

彼女はもう一つのさらに重厚なドアの方にうなずいてみせた。「ミスター・タンクレッドがお待ちです」

サムは「やあ、かわいこちゃん」と呼びかけたが、ギョッとした顔で見返されただけだった。

ジョニーはミスター・タンクレッドの内側の私室のドアを開けたが、今まで見た中で最も贅を尽くした書斎だった。壁からも調度品からも、富と文化がこぼれんばかりだった。

ダグラス・タンクレッドが巨大な机の向こうから立ち上がった。もし金色のウィスキーが入った丈の高いグラスを手にしていたら、名士の肖像画のポーズを取っているように見えただろう。

五十代前半で少し白髪交じりの髪に、イギリス陸軍将校かアメリカのニュース解説者に影響を受けたような真っ黒い口髭をたくわえていた。

「君の名前は?」彼はジョニー・フレッチャーに問いただした。

「ジョニー・フレッチャーです」

「ああ、そうだ、あの記者の奴が言っていた名前だな」タンクレッドの目が物問いたげにサム・クラッグの方に向いた。

「仲間のサム・クラッグです」ジョニーが紹介した。

「こんちは」とサム。

タンクレッドの目は再びジョニー・フレッチャーに向けられた。「たった今、『デイリー・メール』の地方版編集者と話したところだ」タンクレッドは言った。「そいつはついさっきのわたし宛ての電話のことは、何も知らないと……」

「それは事実ですか？」ジョニーは穏やかに尋ねた。

「君の声はな、ミスター・フレッチャー、『デイリー・メール』からわたし宛てにかけてきた男の声に、実によく似ている」

「ご自宅にはかけましたか？」

タンクレッドはうなずいた。「娘は湖畔を散歩していたところ、ふとつまずいて……」

「ええ」とジョニー。

タンクレッドは続けた。「……娘は水泳が得意だ。去年の夏、ヨットクラブの百ヤード平泳ぎで優勝した」

「なるほど」ジョニーは言った。「お嬢さんは滑って落ちてしまった。事故だったと。そういうことも起こります。僕も今朝公園で湖のすぐそばを歩いていたんですが、僕自身たまたま滑って水に落ちてしまいましたよ」

タンクレッドは考え込みつつうなずいた。「まったくだ。それはそうと、その服は妙な取り合わせだな。面白い」

「泳いだ後に着た服の、ちょっとしたアンサンブルでしてね」

「ああ、そうか」タンクレッドは机から身を乗り出し、卓上セットからペンを取り上げるとカードに走り書きした。「もし良かったら……」とカードを差し出し、ジョニーは受け取った。

そのカードはダグラス・タンクレッドの名刺で、そこには「これを持ってきた者に服一揃いを与え、D・タンクレッドの勘定に付けること」と書かれていた。

「ヴァンスの店だ」タンクレッドは言った。「ステート通りの向かい側だよ」

「ミセス・タンクレッドは、クリーニング店の請求書を送るようおっしゃいました」

「ああ、そうか」とタンクレッド。「ミセス・タンクレッドはな。ええと、ミスター・フレッチャー」彼はふいに微笑んだ。「ありがとう」

「どういたしまして」ジョニーは答え、振り返ってドアを開け、サムを引き連れて出て行った。

サムは出っ歯の秘書にウィンクし、「チッ、チッ」と言った。

ジョニーは秘書の机に、ロイス・タンクレッドのキャデラックのキーを落とした。「ミス・タンクレッドの車のキーだ」と彼は言った。「ラサール通りのアダムズ通り寄りに停めておいたよ――消火栓の前にな」

彼女はぞっとしたような顔つきで、ドアを出て行く彼を見つめた。

ヴァンスは注文服専門の仕立屋だが、既製品のスーツの在庫も若干あり、ジョニーはピンストライプのしゃれた梳毛織物の品を簡単に見つけた。ダブルのスーツで、彼を成功した若いビジネスマンのように見せてくれた。スーツに合う付属品――シャツ、ネクタイ、下着、靴下、靴、帽子、そしてオーバーコート――を選ぶと、請求書は四百ドル近くに及び、店長は電話をかけに自分の事務室へ入っていった。明らかに承諾をもらえたらしく、出てきた時は笑顔だった。

「古い服はいかがしましょうか、ミスター・フレッチャー?」

「包んでくれ」

店長はやや顔をしかめた。「てっきり、えーその、お捨てになるものとばかり思っていました」

「冗談だろ？　こんないい服を」

ステート通りのヴァンスの店から三ブロック南へ行ったところで、ジョニーとサムは古着屋へ入った。店の経営者はジョニーの古着に二ドル五十セントと出し渋り、涙ながらに三ドルまで引き上げた。ジョニーは最終的に三ドル五十で手を打ち、二人は店を出た。

「これで三ドル六十五セントできた」ジョニーは言った。「二人分のランチをたっぷり買うのもいいし、エクスプレス事務所で本を仕入れて、残りの四十五セントを食い物に浪費するのもいいぞ」

二人はその件でしばし言い争った。サムの大きな身体にはたくさんの食べ物が必要だったが、彼はジョニーの行き当たりばったりな性格をよく知っていた。全財産を今食べ物に費やしてしまったら、翌日また空腹になり――そして本はまだエクスプレス事務所に残ったままだ。手持ちの本があれば一儲けできるチャンスはある。

ジョニーはしぶしぶ譲り、彼らはエクスプレス事務所へ向かって本の包みを回収した――重さは五十ポンド以上もあった。

「ウォバシュ通りと十五番通りの角に運べるか？」ジョニーが尋ねた。

サムはたじろいだ。「何のために？」

「本は売らなきゃ意味がないし、どこで人だかりを見つけられると思うんだ？」

「前はそんなこと何でもなかったじゃないか、ジョニー。自分で人だかりを作ってただろ」

「シカゴの警察は生易しくないぞ――しかも大勢いやがるときた。呼び込みもろくにできないうちに、逃げ出す羽目になる。公会堂なら何かしら展示会をやっているだろう。でっかい人だかりができていそうなもんだ……」

サムは深いため息をついた。「わかった、本を運ぶよ」

彼が大きな包みを肩にかつぐと、二人は近くのサウスサイドへ向かった。

二マイル歩く間、サムは荷物を一方の肩からもう一方の肩へと数回移したが、一度たりともジョニーに代わってくれとは言わなかった。肉体労働はサムの仕事だ。ジョニーの仕事はその後に来る。

巨大な公会堂に近づくと、その時はやってきた。大きな看板には「中西部養鶏業展示会」と書かれていた。切符売場のそばにはもう少し小さい表示があった。「入場料　五十五セント」

ジョニーは切符売場を無視して楽しそうに入口へと歩いていった。制服を着た切符係が声をかけた。

「切符を拝見！」

ジョニーは「やあ」と言ってドアマンの横を通り過ぎた。

切符係は息をのんだ。「ちょっとお客さん、切符を……」

ジョニーは足を止め、サムの肩に載った荷物を指さした。「出展者用の備品だよ」

ドアマンは目をパチパチさせた。「ええ、でも切符か——通行証を持ってるはず……」

「もちろん」とジョニー。「ただ上司から通行証を受け取らないとね」彼はサムに合図し、サムは荷物を持って通り過ぎた。「出る時に見せるよ」

ジョニーは煙に巻かれたドアマンにうなずいて、中に入った。

公会堂は巨大なビルで、今や五千羽ほどの、姿、品種、あらゆる種類の鶏でひしめいており、それぞれが鉄の檻に入れられ架台に載せられていた。檻の列の上にさらに列が重なって公会堂全体を埋め尽くし、例外は商業用展示——鶏の餌、治療薬、孵卵器、巣箱、養鶏雑誌が陳列された壁のところだけだった。

まだ昼のかなり早い時間帯で、鶏の展示を見ていた取引先は百人ほどしかいなかったが、公会堂には鶏の出品者、係員、展示の関係者たちがさらに百人以上いた。

ジョニーとサムは二十平方フィートほどの空間が広がる大きな部屋の、中心へ向かって通路を進んでいた。

「よし、やるぞ」ジョニーはサムに言った。

サムは重たい紙包みを降ろし、縛っているひもを切り、包みに手を突っ込んで本の間をかき回して、六フィートの鎖を見つけ出した。

それを手に取って、静かにオーバーコート、その下に着ていたスーツの上着、最後にシャツを脱ぐと、たくましい上半身と胸を見せた。

それからジョニーがしゃべり出した。淀みなく繰り出される彼の言葉は、連なった鶏小屋の列を超えて届いた。

「紳士淑女の皆様」彼は呼びかけた。「お近くで見ていらっしゃい。皆様方がこれまで見たこともないような驚異の剛力をご覧に入れましょう。ここにいる我が友、若きサムスンは、国じゅうはおろかヨーロッパにまでその名を知られた男。この波打つ筋肉、途方もない力をご覧あれ。このようなものを、かつてどこかで目にしたことがありますか?」

ジョニーが話している間、サムは深く息を吸い込んだ。同時に拳を固めた。腕の筋肉が塊となって盛り上がる。みごとなその胸は六インチくらい広がった。

彼は肺から息を全部吐き出して、両腕を頭上に上げてから力を抜き、腕を振った。肩の筋肉が上下にぶるぶる震えた。

第四章

ジョニーの第一声から人々は集まってきた。サムの波打つ筋肉のちょっとしたお披露目が終わる頃には、ビルの半分ほどの人々が公会堂の中央につめかけていた。

ジョニーは秘密を打ち明けるように声を低めた。「若きサムスンは、この美しい街の通りを歩いた者の中で、間違いなく最強の男です。わたしが個人的に頼んだからこそ、彼は今日ここで自らの力を披露することになったのです。その理由はすぐおわかりになりますが……なんですか、そこの紳士方、お疑いでも？　わたしが言ったほど彼が強くないと？　ちょっとお待ちを……」

彼は鎖の方へ手を伸ばした。手渡そうとして、サムはそれを床に落とした。ガチャンという十分すぎるくらい大きな金属音がした。ジョニーは鎖を拾い上げてサムの胸周りを巻き、端と端を結び始めた。

「紳士諸君！」彼は声を張り上げ、「びっくり仰天のご様子ですね。何をお考えかわかりますよ。その鎖を引きちぎろうとするんじゃあるまいな、とね！　まさかそんな！　馬ですら無理ですよ……」と笑顔を見せる。「もちろん冗談です。この鎖を切れる人間などいやしない。しかし……」と声をささやきまで落としたが、一番遠い観客にまで届いた。そして息を深々と吸い込み、一気に大声で吐き出した。「しかしもし、若きサムスンがこの鎖を本当にちぎったとしたら！　なんと驚くべき、並外れた力業であることか。なんという奇跡！　なんという……？　奇跡が起こるのを見てみたいですか？　若きサムスンがこの鎖を切るのを見たいですか？　彼は果たして、なんとか成し遂げることができるのか？」

彼は悲しげに首を振り、サム・クラッグを見つめた。サム・クラッグは何ごとかつぶやいていた。ジョニーの目に驚きの色がパッと宿った。

彼は叫んだ。「できると言っています！　やる気です。やらせましょう。なぜか？　若きサムスンは誰よりもできる男だと知っているからです。この世の人間の中で最強だからです。どうしてわかるかって？　それは――彼をこのようにしたのはわたしだからです！」

彼はドラマチックに言葉を切り、再び観客に向かってまくし立てた。「サムスン、教えてやれ――今の君の強さを作り上げたのはわたしか？　君が最初にわたしのところに来た時、ただの弱虫じゃなかったか？　体重はたった百三十五ポンドだっただろう？　さあやれ、この人たちに教えてやれ――」

サム・クラッグはこくりとうなずいた。「ああ！」

ジョニーは両手を振り上げた。「ほら、彼は認めましたよ。自らの驚くべき強さは、わたしのおかげだと……。どうやってわたしはやってのけたのか？　ああ皆さん、それは秘密です。わたし自身、かつては虚弱でした。肺病質で体重はわずか九十五ポンド。医者たちからはあと三ヶ月の命と言われていたのです。絶望しました。死にたくなかったからです。生きたかった、強くなりたかった。すっかり自棄になったわたしは、世界で最も優れた肉体の実例である、ニューメキシコのナヴァパッチ・インディアンの元に向かい、そこで年老いた酋長から生命の奥義、活力を授かったのです。彼が伝えてくれたのは、身体が求めるもの、すなわち血管に血液を巡らせ、筋肉や骨——命そのものを作り上げる、ある簡単かつわずかな訓練でした。わたしはその簡単かつわずかな訓練を自らやってみました。そしてここにいる友、わたし自身と同じく弱々しかった若きサムスンに出会ったのです。彼もその簡単かつわずかな訓練を試してみました。やって損はありませんからね。サムスンをモルモットとして行なったわたしの実験結果は、驚くべきものでした。彼を人類最強の男に仕上げるため、わたしは心血を注いだのです」

彼は一瞬間を置き、また続けた。「目標は達成しました。そしてある日、皆さん、こんな考えが浮かんだのです。この秘訣を世の中に公表せず、独り占めする権利などわたしにはない。これはわたしの義務——他の人々、他の弱い者たちを健康に、強くし、活力を与えるのは人類に対する義務であると。だからこそ皆さん、わたしは健康と強さに関するその秘訣を本にまとめたのです。図解にして小さな本として出版しました。もう少ししたら、その本の一冊を買うことができるんですよ。しかも五十ドルもかからない、いや二十五ドル、二十ドルすらかからず、そのような秘訣を教えるには、まったくもって安すぎるくらいの値段です。いや皆さん、この本を誰でも手に取れる値段にするのはわたしの義務であり、だからこそ実際破格の安さで——ほとんど印刷代と製本代のみで——販売するのです……待って——行かないで……」

集まった人々は急に落ち着かなくなった。金の話はいつも聴衆を散らしてしまうものだ。

そこでジョニーは大声を上げた。「買うのは後で——どなた様も買うのは後、まずは若きサムスンが、胸に巻いた鎖を引きちぎるのを見ていってください。サムスン、用意はいいか……？」

サム・クラッグは両脚を広げ、コンクリートの床にしっかり踏ん張ってから、身体を屈め胸をすぼませた。

「さあ、ご覧ください！」ジョニーは叫んだ。

ゆっくり、一度に半インチずつ、サムスンは屈んだ姿勢から身を起こしていった。息を吸い込み、とてつもない力を込めて顔を真っ赤にし……拳を固め……胸を広げた。

鎖は肉に食い込み、ギリギリと張りつめた。

そして突然、すさまじい音を立てて鎖は切れた。環の一つがボキッと折れ、鎖は吹っ飛んで床にガチャンと落ちた。

観衆から大きな歓声が沸き起こると、ジョニーは紙包みを破り開け、本を取り出し、上に掲げて群集を煽った。

「ほら、これです――これこそ、どんなに弱い者でも強くなれる方法を教えてくれる本です。訓練の秘訣、活力の秘訣が詰まった本です。しかもたった二ドル九十五セントですよ」

彼は観衆に言葉を浴びせかけ、弱い者にも強い者にも少年にも本を押しつけた。全員を威圧し、挑戦をけしかけ、同様にあざけった。

全米じゅう探しても、絶好調のジョニー・フレッチャーに匹敵する本のセールスマンなどいない。そして今日は絶好調だった。

彼は本を売り、金をつかんだが、それぞれの本に五セントの釣銭を戻すことはすっ飛ばした。誰かが三ドルからのお釣りを要求すると、「売上税だ！」と噛みついた。

金をポケットにねじ込み、包みからさらに本を取り出して右へ左へと売りさばいていた時、ピカピカの青いサージに身を包んだ小柄な男が、人をかき分けなんとか空いたスペースに出てきて、ジョニーの腕をぐいぐい引っ張りだした。

ジョニーはその男の鼻先に本を押しつけた。「どうぞ、たった二ドル九十五――」

「違う違う」男は怒鳴った。「わたしに本を売ることはできないぞ――誰にもどんな本も売ってはダメだ」

「ダメですって?」とジョニー。彼は別の男から三ドルを受け取った。「どうも、お客さん」

小男はまるで風車みたいに腕を振り回し、「ダメだと言うのに」と金切り声を上げた。「許可も持たず――つまり営業料を払っていないじゃないか……」

群集が実際に散り始めたため、ようやくジョニーは小男に目を向けた。「さて、何の用だ? おっさん」

「わたしはこの展示会の事務局長だ」小男は息を切らして言った。「ここで何か売るには事前に営業料を払わないといかん」

ジョニーはぽかんとして男を見た。「よくわからないんだが――誰にそんな金を払うんだ?」

「わたしにだ」

「何のために?」

「今言ったじゃないか――これは鶏の展示会で、ここで何か売りたいなら営業料を払わないといけないんだ」

「ふーん、いくらだ?」

「二十五ドルだ」

ジョニーは叫んだ。「二十五ドルだって。頭おかしいだろ。あんた」

事務局長は歯をむき出した。「二十五ドル払わなければ、あと一冊たりともここで売ることはまかりならん」

ジョニーは屈み込み、サム・クラッグの足元にある紙包みを覗き込んだ。三冊残っているだけだった。「わかったよ、もうここで本は売らない」

小男の顔色は紫色になった。「だがすでに本を売っただろう」

「その通り」ジョニーは朗らかに答えた。

「営業料を払いなさい」

「誰がそうしろと？」

「わたしだ」

ジョニーは小男の胸に手のひらをそっと置き、この時にはすでにシャツを着ていたサムの方へぐいっと突き飛ばした。サムは男のわきの下に両手を入れ、二フィートも持ち上げてから傍らに降ろした。

「失せろ、チビ」サムは言った。

「警察を呼んでやる」事務局長はわめいた。

ジョニーはあくびをした。「失礼、昨日寝るのが遅かったもんでね」

鶏の展示会の小柄な事務局長は、くるっと回れ右してビルの正面に向かって走り去った。「あーあ」と声を上げるると、ジョニーは三冊の本を包みから取り上げて箱を片隅に蹴り飛ばした。そして本をサムに渡し、ポケットに手を突っ込んで札を取り出した。

「なかなかの儲けだ」と評価してサムに言った。

サムは辛辣に言った。「おまえは世界一の本のセールスマンさ、ジョニー――いざ働けばな。その口八丁の才能さえあれば、おれたちは今頃ぜいたく三昧できているはずだぞ。なのにしょっちゅう、宿代が払えなくてホテルを締め出されている始末だ」

「心機一転だ」とジョニー。彼は札を数えていた。「三十四枚、三十五枚、四十一枚……うーん、四十八ドルだ。十五分の仕事としては悪くないな」

冷ややかな声がジョニーの背後から聞こえた。「それを仕事と言うのかね？」

ジョニーは振り向いた。「シート・ライター（雑誌の定期購読のセールスマン）のチキン・クーリーか！」

〝チキン〟クーリーは陰気そうな四十がらみの男だった。背が高く痩せぎすな身体に、驚くほどたっぷりした頬が、細い体格に不釣り合いだった。

「おまえの客寄せ口上を聞いたのさ」不機嫌そうにクーリーは言った。「いったいどうやって逃げおおせたんだ？」

「才能ってことさ、チキン」ジョニーは答えた。「ところで、サム・クラッグのことは知っているかな？」

「いや」とクーリー。

「構わないさ」サムはうなった。

ジョニーはニヤリとした。「相変わらず愉快な奴だな、チキン？」

「名前はクロードだ」クーリーは噛みついた。「それにおまえこそ、調子良さそうには見えないぞ」

ジョニーはクスクス笑った。「そうだな。一年のこの時期には、フロリダにいるはずなんだ。だがちょっとした問題があって、ホテルを締め出されてしまってね。助けが必要なんだ……」

「やーい！」クーリーは嘲った。

「いい奴じゃないか」サム・クラッグはジョニーに言った。

「いや、ほとんどのシート・ライターほどひどいわけじゃない」ジョニーはあっさり言った。「でも、だからこそ奴らはシート・ライターなんだ」

「おまえらのばあさんのウィッシュボーン（運試しに使う鳥の鎖骨）みたいなもんさ！」クーリーがまとめた。

ジョニーは、ロイス・タンクレッドの車のグローブボックスから拝借した手紙を取り出した。それを開いて赤い羽根を取り出した。

「ほら、クロード。おまえは鶏の専門家だ。こいつは何の羽根だ？」

「鶏だろうよ」

「ああ、だがどんな種類の鶏だ？」

「なんでおれにわかる？」クーリーは憤然として聞き返した。「おれは鶏の専門紙の勧誘販売をしてるが、鶏は売っていない。あいつらは大嫌いだ。ガーガー騒いでばかりで」

「赤い羽根だ」ジョニーはしつこく続けた。「どんな種類の鶏が赤い？」

「ロード・アイランド・レッドだな」

ジョニーは羽根をポケットへ戻した。「大いに参考になったよ。これまで少なくとも六種類の赤い鶏を見てきたがね」

「じゃそこらじゅうを回って、その羽根を合わせてみればいいじゃないか」

「そうしよう」ジョニーはサムに合図すると、勧誘販売のセールスマンから離れ、通路を歩いて赤い鶏の入った檻の並びにたどり着いた。鶏小屋についていたカードには、それらの鶏がロード・アイランド・レッドだと記されていたが、いくつかの檻の前で羽根をかざしてみた後で、ジョニーは首を振った。

「こいつらは赤いが、同じ種類の赤じゃない」

サムは眉をひそめた。「よくわからないんだが、ジョニー——その羽根がどの鶏のものか、なぜそんなに知りたがっているんだ?」

「単に興味があるだけさ」

「ああ、だがなんで羽根に興味を持っている?」

「理由なんてないさ、サム。忘れてくれ」

しかしサムはあきらめなかった。「いいか、ジョニー、おれたちがこの鶏の展示会に来たのは、たまたまその羽根をおまえが見つけたからだっていうのか?」

「いい加減疑ってかかるのはよしてくれ」ジョニーはいら立った。「ここに来たのはただ、通りでは呼び込みができないし、今日公共の展示会をやっているのがここだけだからだ」

ジョニーの向こうの扉の方を見ていたサム・クラッグが、突然息をのんだ。

「ジョニー——サツだ!」

ジョニーはくるりと回った。ホールの中央に向かってくるのは、鶏の展示会の小柄な事務局長で、そばに青いコートの警官二人を従えていた。

「あのチビ」ジョニーは叫んだ。「まさか本当にやるとは」彼は深々と息を吸い込んだ。「こいつはちょっとやっかいだぞ」

第五章

　事務局長と二人の警官は早足で中央の通路を進み、その先はジョニーとサムが反抗的な態度で待ち構えている通路に通じていた。しかしそこで、彼らと出くわす左側の道を行かず、三人は隣の通路を歩み続け、そして曲がったのだ——右へ！

　ジョニーはサムをチラッと見て、通路を素早く進み始めた。中央の通路を横切り、十二ヤードも歩き続けた。そして金網の檻越しに一つ先の通路を覗き見た。

　警官たちは膝をついていた。鶏の展示会の参加者の一人が、青ざめた顔で装飾の布を持ち上げ、警官たちは並んだ檻の下をじっと見ていた。ジョニー・フレッチャーは爪先立っていたので、檻の上から見下ろすことができ、警官たちが何を調べているかわかった——鶏の檻の下に倒れている男だ。

　ジョニーはかかとを下ろし、サム・クラッグの腕に触れた。

「死体が見つかったんだ」彼はそっと言った。

「なんだって！」サムは叫んだ。「すぐここから出よう」

　ジョニーとしてもまったく異議はなく、二人は中央の通路からドアへ向かった。しかし行けたのはそこまでだった。ドアの内側すぐのところに、がっしりした警官がいた。彼は首を振った。

「すみませんが、どなたも出られません」

ジョニーは横柄に肩をそびやかした。「いいかね、君、わたしは仲買人と重要な商談があるんだ」

「検死官と重要な商談中の男がここにいましてね」警官は言い返した。

「検死官だって！　つまり……？」

警官は肩をすくめた。「自分にわかっているのは、誰かがここで死体を見つけて、自分は命令に従っているってことだけです」

痩せた、人を小ばかにしたような顔つきの男がドアから入ってきて、その男を見た警官はハッとした。男は立ち止まり、ジョニー・フレッチャーを見定めた。

「何か問題でも？」

「わたしに関する限り何も。わたしはただ外に出ようとしていたんですが、この人がダメだと」

「その通り。誰も出られない」

「出なければならないんです」ジョニーは言い張った。

痩せた男は狼のような薄笑いを浮かべた。「そうかね？　まあわたしが調整できるだろう。君の名前は？」

「フレッチャーです。あなたは？」

「マクネリー。殺人課のマクネリー警部補だ」

ジョニーはたじろいだ。「誰かが、ええと、怪我をしたんですか？」

「そんなところだ。何か知っているのか？」

「いえいえ！」

「ではなぜそう急いで出ようと？」

警官が言わずもがなの一言を放り込んだのは、まさにこの瞬間だった。「彼の話では、仲買人と重要な商談があるとのことです」

マクネリー警部補はジョニーを、疑わしげに見つめた。「そうなのか?」

「わたしはただ鶏を見に来たんですが、どれだけ長く鶏ばかり見ていられるっていうんです?」

「この辺にいろ、教えてやろう」

殺人課の警部補はジョニーとサムのそばを通り過ぎようとしたが、ちょうどその時、鶏の展示会の小柄な事務局長が、制服の警官の一人を伴って駆け寄ってきた。

「あそこだ!」小男は叫んだ。「あの二人こそ、お話しした連中ですよ」

警官は前に進み出て、マクネリー警部補に軽く会釈した。「殺しです。警部補」

「いつものことだ」マクネリーは事務局長を見た。「殺人課のマクネリー警部補だ。この――この男たちのことをなんと言っていた?」

「ちょうどこいつらのことをお巡りさんに話していたところです」事務局長は唾を飛ばして言った。

「騒ぎを起こしていたんですよ。あの死体が――その、発見されるちょっと前に」

マクネリーは目を細めて、ジョニーの方へ向き直った。「本当か?」

ジョニーは深々と息を吸い込んだ。「何を騒ぎと呼ぶかによりますね。僕は自分のやるべきことに集中していただけで」

「こいつは歯向かったんだ!」展示会の事務局長は声を荒らげた。「手数料を払わなければ、ここで本を売ってはいけないと言ったのに、払うことを拒否したんです。わめいたり奇声を上げたりして、大騒動を巻き起こしたんですよ」

「今君がやっているようにか？」マクネリーは痛烈に言った。彼は手の甲で小男の胸を撫でた。「君の名前は？」

「ジェローム・サマーズです。中西部養鶏協会の事務局長で――」

「この場所を運営しているのか？」

「ええ、まあ、そうおっしゃってもいいでしょう。事務局長ですから」

「君がそう言ったんだ。こっちの聞いたことだけにまっすぐ答えろ。誰が死体を発見した？」

「参加者の一人で、タロファという男です」

「どこにいる？」

「ええと、それは……」

「連れてこい！」

サマーズは目をパチパチさせ、息をのむと、くるりと向きを変えて駆け出した。マクネリーはジョニー・フレッチャーに目を向けた。

「君の側の話はどうなんだ？」

「僕の側の話などありませんよ。ちょっとした店を広げて本を売り、終わったところであのチビが駆け寄ってきて、二十五ドルの手数料を払えと言ってきたんです。どこへ行ったらいいか教えてやりましたよ」

警部補は手を伸ばし、サムの腕の下から三冊の本を取った。「これが売った本か？」

「ええ。『誰でもサムスンになれる』――健康と強さについて書かれた本です」

「もういい！」警部補はサムに本を戻した。「売れ残りは三冊だけか、ええ？　それで手数料を払うのを拒んだのか？」

ジョニーはニヤリとした。「もちろん！」

「何冊売れた？」

「四十八ドル相当です」

「大した売り込みだったんだな」

「過去最高級ですよ」

ジェローム・サマーズが、つなぎを着ているがっしりした男を従えて、せかせかと戻ってきた。

「この男です、警部補。サム・タロファです」

マクネリーは職人に向かってうなずいた。「君が死体を見つけたんだな？」

「ええ、ミスター・ペニーのホワイトハックル種の一羽が病気になったんで、彼の木箱を捜していて、あの黄色いチーズクロス（目の粗い薄地の綿布）を持ち上げたら、ミスター・ペニーがいたんです」

「誰だって？」

「ミスター・ペニー、ホワイトハックル種の飼い主ですよ。彼がその、死んでいた人で……」

マクネリーはサマーズを指さした。「ペニーを知ってるか？」

「ええ、それは――つまり知ってました。とても良い養鶏者でした。もう何年もうちで展示していましたよ」ミスター・サマーズは頭を振った。「この品種にとっては痛手です」

マクネリーは突然、ジョニーの胸を叩いた。「このペニーって男を知ってるか？」

「一度も見たことがありませんね。鶏について僕が知っていることといえば、レストランで学んだことだけですよ」

「ホワイトハックル種については？」

「鶏ですよね？」

「ホワイトハックル種は闘鶏用の鶏だ！」ジェローム・サマーズが叫んだ。「最高の品種の一つだよ」

警部補が再び目を細めた。「闘鶏用だって？　つまり――ここで闘鶏を開催してるのか？」

鶏の展示会の事務局長はおののいた。「いやまさか！　絶対にありません。これは鶏の展示会です。我々は鶏を鑑定するのです――鶏として……」

「なぜ？」ジョニーは聞いた。

「なぜって、それはその……」

「ほらね？」とジョニー。「答えられないじゃないか。鶏を鑑定する唯一の方法は、歯で行うのさ。個人的にはフライが好きだね、南部風の」

「もういい！」警部補は言って、深く息を吸った。「そろそろ死んだ男を見に行かねば」彼はジョニーの胸を叩いた。「ここにいろ」

警部補は巡査部長とともに去っていったが、もう一人の警官はドアのところに残った。ジョニーはため息をついて、鶏の展示会へ戻っていき、サムが傍らについていった。

「なんでいつもおれたちは殺人に巻き込まれるんだ？」二列に並んだ鶏の檻の間を歩きながら、サムは文句を言った。

「今回のには巻き込まれていないぜ」

「そうかい？　今のところおれたちは容疑者一号と二号だぞ」

「バカな。あのお巡りと五分も話したら、犯人は鶏の事務局長だって信じさせてやるさ。うん、たぶなかった。


彼女は立ち止まり、じらすような微笑みを浮かべた。「ああ、麗しの乙女を救い出したお方ね」

「ああ」ジョニーは真似てみせた。「救い出されたお方はいかがです?」

「おかげさまで元気です。それであなたは……?」ロイス・タンクレッドはジョニーを抜け目なく眺めた。「今朝よりずいぶん身なりが良くなったのね」

「日曜日用のスーツさ」とジョニー。「もう一着は濡れてしまったからね」

「あなたが言っていたことを考えていたの、ミスター――」

「フレッチャー、ジョニー・フレッチャーだ」

「おれはサム・クラッグ」サムが売り込んだ。

「ご機嫌いかが、ミスター・クラッグ?」彼女の額に心配そうなしわが浮かんだ。「さっき言おうとしたのは、ミスター・フレッチャー、今朝あなたが言っていたことで……」

「何のことかな?」

「その――寝る場所がないとか」

「ああ、その話か」とジョニー。

「それ――本当？」

ジョニーは札束を取り出した。「もうそんなことはないさ」

ロイス・タンクレッドはがっかりしたようだった。「わからないわ。二人とも――一ドルも持っていないって言ってたのに。それで今は……」

「四十八ドル持っている」ジョニーはにんまりした。「君は三十分前にはここにいなかっただろう」

「ええ、来たばかりよ。なぜ？　三十分前に何があったの？」

「売り込みをしたのさ」

「売り込み？」

「本を売ったんだ。それでおマンマを食っている」

「本のセールスマンなの？」ジョニーはうなずいた。「幸運に恵まれたわね。でも百ドル稼ぐ話に興味はない？」

「あるさ」ジョニーはすかさず言った。「でも誰かを殺す話なら興味はないよ」そう言いながら身震いした。

「そんな極端なことじゃないわ。ただわたしのために、ある人と話をしてほしいの」

「話すだけか？」

「そう」

「誰かの鼻面をポカリとやったり――あるいはやられたりするんじゃないよな？」

「もう、バカなことを言わないで」

「そう思うかい、お嬢さん」サムが強調した。「似たようなことが一度あったんだ。（原注：『コルト拳銃の謎』のこと）

「説得力は必要かもね――でも言葉だけよ」

「ミス・タンクレッド」とジョニー。「男二人がたった今雇われましたよ」

ちょうどその時、マクネリー警部補が通路に現れた。

「よし、フレッチャー」彼は言った。「今から君の番だ」

「僕だって」ジョニーは言い返した。「僕から何が引き出せるって思ってるんですか――さっきの二倍とでも？　相変わらず何もありませんよ」

「今朝九時から十二時までの間、どこにいたか知りたいね」

「どこにいなかったかって方が簡単に答えられるな――鶏の展示会にはいませんでしたよ」

マクネリーは歯をむき出した。「いいか、フレッチャー、おれはそんなにお人好しじゃないし、何が一番いらつくかと言ったら、小賢しい奴だ。言っとくがな」

「上等だ」ジョニーはかみついた。「こっちからも言っといてやる。マクネリー。そもそも僕はお巡りが嫌いだし、いらつくことがあるとしたら、お巡りにいじめられることだ」

「やめろ、ジョニー」サム・クラッグが口の端からささやいた。

マクネリーの薄青い目は燃えるようだった。「自分の首を絞めることになるぞ、フレッチャー」

ジョニーは冷静に言った。「僕がこのビルに来たのは今朝のことだ。生まれて初めてで、まだ四十五分も経っていない。入場してからずっと、誰かに目をつけられているんだ。あんたの大事な鶏野郎を誰が殺したかなんて知らないし、こいつが誰かも知らないし、数分前までペニーなんて名前すら聞いたことは――」

「ペニー！」ロイス・タンクレッドは叫んだ。「まさか――ウォルター・ペニーが……？」

マクネリーは冷たい目でひたと彼女を見つめた。「彼を知ってるのか?」

彼女はショックで目を大きく見張っていた。口は開き、唇は言葉を発する前にしばし動き、それから「ウォルター・ペニーが――亡くなったの?」と尋ねた。

「どこから見てもな!」殺人課の警部補はピシャリと言った。

ロイス・タンクレッドの身体を震えが走った。マクネリーは彼女の方へ踏み出し、腕をつかんだ。

「ウォルター・ペニーについて、何を知っている?」彼は容赦なく怒鳴った。

彼女は身をすくませたが、それはマクネリーが乱暴に腕をつかんだせいだった。「腕が痛い!」彼女は激しく抗議した。

マクネリーは投げ捨てるように彼女の腕を離した。

「話せ!」

マクネリーの荒っぽさがロイス・タンクレッドにある効果をもたらした。いずれ立ち直るところではあったが、より早く自分を取り戻した。「わたしは――ウォルターに会いにここへ来たんです」

「なぜだ?」

「彼は鶏を何種類か展示していて、わたしに見てもらいたがっていたので」

「君は鶏愛好家なのか?」マクネリーは冷笑を浮かべた。

「君の名を言ってやれよ」ジョニーが割り込んだ。「お父さんのこともね」

マクネリーはパッとジョニーの方へ振り向いた。「おまえは引っ込んでいろ」彼は再びロイスに向き直った。「よし、君の父はどうなんだ?」

ロイスは戸惑ったようだった。「どういう意味ですか?」

「父親は誰なんだ?」

「名前はタンクレッドですけど」

「ダグラス・タンクレッドか?」ロイスがうなずくとマクネリーは小声で毒づいた。「では君はロイス・タンクレッドだな」そして「神聖にして侵すべからずか!」と苦々しげに付け加えた。彼はジョニーとロイス・タンクレッド双方に対面できるよう、向きを変えた。「わかった、ミス・タンクレッド」彼は不機嫌な口調で言った。「お父さんを呼んでくれ。君にいくつか質問をするが、お父さんがここに来るか――あるいは彼の弁護士が来ないことにはやるつもりはない」

ジェローム・サマーズが通路を歩いてきた。マクネリーは彼に合図した。「こっちだ、サマーズ、ミス・タンクレッドを事務所へ連れて行ってくれ。電話をかけたいそうだから」

サマーズはロイス・タンクレッドに満面の笑みを向けた。「ああ、もちろん、ミス・タンクレッド、ご機嫌いかがですか?」そして口をつぐみ、葬式用の表情を作ってみせた。「ええと、警部補からお聞きですか? 恐ろしいことで。なぜそんなことが起こったのか……ここで……」

「さっさと行け、サマーズ!」マクネリーが吠えた。

サマーズはまるで突然ラバに蹴られたかのように飛び上がった。ロイス・タンクレッドはついて行ったが、そばを通る時ジョニー・フレッチャーへは目もくれなかった。

ジョニーは立ち去ろうとしたが、マクネリーが腕を伸ばし、ジョニーの新しいコートをがしっとつかんだ。「おまえはダメだ、フレッチャー!」

ジョニーは殺人課の警官の手を振りほどいた。「まだやるのか、マクネリー」彼は怒鳴った。「ぶちのめすぞ」

サム・クラッグは賽が投げられたのを見て取り、友の傍らに進んだ。「こいつがやる時は、おれも相手になるぞ」

マクネリーは一歩後ずさり、激しい怒りを込めてジョニーとサムをにらみつけた。「この、チンケないかさま野郎どもが……」そしてふいに向きを変えて、大股に去って行った。

ジョニーはその姿を少しの間見つめてから、そっと口笛を吹いた。「根性の悪いお巡りはこれまでたくさん見てきたが、その中でも最悪な奴だな」

サムは大きく息を吐いた。「一瞬おれたちもおしまいかと思ったよ」彼は顔をしかめた。「なんであんなふうに、奴の神経を逆なでしていたんだ？」

「そりゃ、やましいところはひとつもないからな。ウォルター・ペニーについては、これっぽっちも知らない」少し間を置いて彼は付け加えた。「鶏を育ててたってこと以外は」

「やれやれ、鶏はもうたくさんだ」サムは言った。

第六章

二人が通路を進み、角を曲がると、ウォルター・ペニーの死体が発見された通路はロープで封鎖されていた。ロープの中には七、八人の男たちがいた。一人はフラッシュを焚いて写真を撮っており、そのせいですぐそばの鶏たちが興奮してときを作り始めた。それが他の雄鶏たちを呼び覚まし、あっという間に公会堂内のすべての雄鶏がけたたましく鳴き出した。

その騒音ときたらすさまじく、男がフラッシュを焚くのを止めてようやく、鶏たちの鳴き声も収まった。

「こんなことを面白半分に引き起こす奴がいるんだからな」ジョニーは大声で言った。

彼は足を止め、檻の中の雄鶏を観察した。色は濃い赤だった。檻の外の札には一等賞の青いリボンがつけられ、こう書かれていた。「ジャングル・ショール種／雄／所有・展示：チャールズ・ホイットニー・ランヤード」

「さてさて」とジョニー。「格好いい鶏だね」彼が檻の網の隙間から指を突っ込むと、ジャングル・ショールはすかさずつつきにきたが、ジョニーが電光石火の反応で引っ込めたため、指は無事だった。

ジョニーはこっそりロイス・タンクレッドの手紙をポケットから出した。赤い羽根を取り出すと、檻の前で掲げた。

「確認するんだ！」彼は語気を強めた。

「その羽根がそいつのものだっていうのか？」サムは尋ねた。

「これか――これに似た奴だ」ジョニーは通路を歩き、チャールズ・ホイットニー・ランヤードが展示している鶏が入った檻を数えた。全部で八個あり、ミスター・ランヤードは受賞の面ではよくやっていた。雄鶏、若鶏・雄、雌鶏、若鶏・雌の部門で一等賞を、雄鶏、雌鶏、若鶏・雌の部門で二等賞を獲得していた。逃したのは若鶏・雄の二等賞だけで、その鶏は三等賞であった。ベンダーという男が若鶏・雄の二位を取っていたが、かなり差をつけられての二位だった。というのも十二羽を出展していたのに、二等賞まで上り詰めたのは一羽だけだったからだ。

「このランヤードって男はうまくやってるな」ジョニーは批評した。

サムはあくびをした。「そうかい？」

「僕は勝者が好きだ」とジョニー。

褐色の野良着を着た背の高い男が近づいてきて、ジョニーの言葉を聞きつけた。

彼は微笑んだ。「わたしもですよ」

「これはみな、あなたのですか？」ジョニーは尋ねた。

男はうなずいた。三十代前半の、かなり男前で身ぎれいな青年で、今いる鶏の展示会で展示者用の野良着を着ているより、証券会社の事務所にいる方がふさわしく見えた。

「いい鶏たちですね」ジョニーは述べた。「ただお聞きしたいのは――この鶏たちは闘えますか？」

ランヤードはニヤリとした。「闘鶏は違法ですよ」

「歩道に唾を吐くこともですよ」

「闘鶏に興味があるんですか?」

「雄鶏を何羽か手に入れようと思ってましてね」ジョニーは答えた。「ただ最高の鶏が欲しいんですよ」

「ここにいるジャングル・ショール種はみな最高ですよ」ランヤードは断言した。「アメリカにいるどの種よりもジャングルに近いですから。ええ、ジャングルから来た種がほかにもあるのは知っています——ここにいる鶏たちが生まれた、マラヤ連邦から来た種だっていますが、その野生の血は百年もの間、裏庭で育てられるうちに薄まってしまいました。ここのジャングル・ショール種は、生き延びるために闘わなければならなかったジャングルからやってきて、まだ数代しか経っていません」

ジョニーはゴクリと唾を飲んだ。「まさにそこですよ、ランヤードさん」彼は一等賞の雄鶏を指さした。「この鶏にはどのくらいの値をつけますか?」

「こいつを売るとすれば——売りませんがね——五百ドルといったところでしょうか」

「五百ドル!」ジョニーは息をのんだ。

ランヤードは近くに誰もいないのを確かめるため後ろを振り返った。それから声を潜めて「この鶏はすでに八戦勝っているんですよ」と言った。

ジョニーもまたこっそりあたりを見回した。そして秘密を分かち合うようにささやいた。「誰を負かしたんです?」

「ルー・アップルトンのウォーパスや、ベンジャミン・スモールのブルー・イーグル、彼の名誉のために言えば、十二回も勝っているが、そういった鶏たちです」

ジョニーは新たな敬意を持ってジャングル・ショールを眺めた。「いい雄鶏だ、確かに」

ランヤードはうなずいて同意した。「こいつに望みを託しているんです。レッド・サンダーの記録に並ぶかもしれないとね」

「ああ、レッド・サンダーか」ジョニーは熱を込めた。「まさに鶏の戦士だった！」

「だった？」ランヤードは問い返した。「今もですよ」

「ああ、そうですとも、もちろん」

ランヤードは優しく言った。「明日の夜、こいつを闘わせるんです――ホイーラーのタイクーンとね」

「あなたが！」ジョニーは叫んだ。「その試合はぜひとも見たい」

ランヤードはゆっくり片目をつぶった。「わたしの家でね」

そうしてもう一度ウィンクすると、歩み去った。

サムは声を上げた。「いやはやまったく、ジョニー、闘鶏なんか一度も見たことがないくせに」

ジョニーはにんまりした。「おそらく明日の夜、見ることになるだろうな。チャールズ・ホイットニー・ランヤードが何者で、どこに住んでいるかわかればだが」

サムは不安そうに顔をしかめた。「二羽の鶏が闘うのを見なきゃならないのか？」

ジョニーはため息をついた。「金を持った人間がいるだろうし、金の周りをうろついていると、おこぼれにあずかれるものなんだ」

「どうやって？」

ジョニーは答えなかったが、それは答えられなかったという単純な理由からだった。時代遅れのセルロイドの襟で首を固めた男が、通路をぶらぶらとやってきたのだ。一つ一つの檻を見つめながら、不機嫌な表情はどんどん怒りの色を増し、ジョニーとサムのところまで来た頃には、独り言をつぶやくまでになっていた。

「金持ちなんかくそくらえ」彼はブツブツ言った。「貧乏人には立ち向かうチャンスすらないんだ」

「その通りじゃないか」ジョニーは共感した。

セルロイドの襟の男は、仏頂面でチラッとジョニーを見た。「あんたもここで展示してるのか?」

ジョニーはチャールズ・ホイットニー・ランヤードの札についた青いリボンを指さした。「彼と張り合ってるのか?」

今しがた現れた男の顔がゆがんだ。「今言った通りだ、いいか? ホイットニー・ランヤードにはそんな青いリボンなんて要りやしないんだ。おれの頭に穴が必要ないくらいにな。でも奴は二千万ドルも持っていて、おれの方は床屋だ」

「そうなのか? 君もここで鶏を展示しているの?」

床屋にして闘鶏の出展者は、赤いリボンとオットー・ベンダーという名のついた檻の方へ歩み寄った。「これがおれさ。オットー・ベンダーだ。全国でもとびっきりのジャングル・ショール種を育てているのに、青いリボンをもらえたか? いや、ケチくさい赤どまりさ。そしてランヤードと奴の汚らしい鶏どもが、青をすべてかっさらったんだ」

「つらいね」ジョニーは同情した。「だが、それが人生だ」

「鶏の審査員に同じ気持ちを味わわせてやりたい」ベンダーは怒った。「これまで経験したことがないくらい、冷や汗をかかせてやりたいよ」

ジョニーは注意深くあたりを見回し、床屋の方へ身体を傾け、共犯者めいた口調で言った。「この鶏たちは、闘ったことはあるのか?」

ベンダーはうなるように言った。「対戦があれば、いつでもな。そう多くはないが」そして赤いリボンを獲得した鶏を指さした。「あんたがこれまで見た中でも最高の闘鶏だぜ」

「何戦闘った?」

「四戦だ。でもそこは問題じゃない。こいつはおれが育てた中でも最強の鶏なんだ。よく見てろ……」

彼は檻にさわったが、ほんの一瞬だった。というのも中にいた鶏が、くちばしでつつこうと突進してきたからで、ベンダーはさっと手を引っ込めて危ういところを逃れた。「見たか?」彼は勝ち誇った。「こいつはおれでさえつつきにきた。ひよこの頃から育てているのにな。戦士そのものなんだ。こいつを国じゅうの鶏に勝たせるためなら、金に糸目はつけないね」

「いい調子だね」とジョニー。「ランヤードが明日の夜、自宅で闘鶏の試合をやるというのは知っているかい?」

「それがおれに何の役に立つ? ランヤードはおれみたいな人間を、ご自分の高級なお屋敷に招こうなんてしないさ」

「招待なしに行ってみたらどうだ? あいつと」――ジョニーは檻の中のジャングル・ショールに向かってうなずいた――「一緒に」

ベンダーは目をぱちくりさせてジョニーを見た。「はあ?」

「たぶんランヤードの鶏のどれかと、試合にこぎつけられるかもな」

ベンダーの目が突然ぎらついた。「そうか、奴の友人が周りにいるから、賭けに乗るか黙るかしかないわけだ――面白いかもしれんな」

ジョニーは彼の背中をバンと叩いた。「よく考えるんだな」ふいに彼の目の焦点が、公会堂の裏のあるものに合った。開いたドアだ。「ところでミスター・ベンダー」彼は尋ねた。「どこに泊まっているんだ?」

「ええと、イーグル・ホテルだが……」

「イーグル・ホテルだって!」サム・クラッグが叫んだ。

「ああ、向こうのマディソン通りにある小さなところだ……」

ジョニーは軽い調子で言った。「ああそうだ、見たことがある気がするよ。じゃ、またどこかで会おう」サムに合図すると二人してさっさと歩み去った。だが床屋から聞こえないところまで来ると、サムは声を上げた。「あいつ、おれたちと同じボロ宿に泊まってるぞ」

「わかってる」とジョニー。「何か怪しげなことが裏にありそうなんだが、それが何かはわからない。もうこの場所はたくさんだ。出よう」

「どうやって?」

「裏のドアだ」

「お巡りはどうする?」

「お巡りが何だって?」

「警部補はじっとしていろって言ってたぞ」

「じっとしているのは飽き飽きだ」

彼らは公会堂の裏へ着き、そこには大きな二重ドアがあった。ドアのすぐ内側では、二、三人の作業員が鶏の餌の袋を積み上げていた。ジョニーは彼らに会釈すると、二重ドアの一枚を開けた。小道へ出ると左右を見回し、中にいたサムに合図した。

サムは素早く出てきて、二人は小道を歩き出した。「もう少し経ったらマクネリーは、裏口のドアのことを考えるだろうよ」ジョニーは言った。

「おれたちにめちゃくちゃ怒るだろうな」

「おれだって、あいつにはめちゃくちゃ怒ってる」

彼らは小道の入口にたどり着き、通りへ出て左へ曲がり、少し歩いてミシガン大通りへ行き着いた。数分後には北行きのバスに乗っていた。

バスできっかり三ブロック行ったところで、ジョニーは突然弾かれたように立ち上がり、サム・クラッグを降り口まで急かした。

「いったいどういうつもりだ?」通りに出るとサムは叫んだ。

「チキン・クーリーのことを考え始めたんだ」とジョニー。「それで、どんな商売にも専門誌があるってことに思い当たった。豚ならどんな種類でも載っている豚の専門誌、どんな鶏でも載っている鶏の専門誌がね」

サムはわめき散らした。「ジョニー、やっとあのゴタゴタから抜け出したばかりじゃないか。もう一回あの中に首を突っ込んで、何がしたいって言うんだ?」

「明日の夜、例の闘鶏を見に行くなら、闘鶏用の鶏について知っておく必要があるからな」

二人は角の雑貨店に入って電話ボックスの方へ向かい、そこでジョニーは電話帳をめくって「出版社」のページを開いた。そしてすぐに『全米養鶏ジャーナル』という誌名を見つけると、電話ボックスに入っていった。

一瞬後、若い女性の声が聞こえた。「『全米養鶏ジャーナル』でございます」

「編集部と話をしたいんだが」ジョニーは言った。

「どちら様でしょうか?」

「フレッチャーという者だ」

オペレーターはいったん保留にしたが、すぐにつなぎ直した。「編集部の者にどのようなご用件でしょうか?」

ジョニーは電話機にしかめ面を向けた。「闘鶏を専門にしている雑誌について聞きたいんだ」

「あいにくそのような雑誌は出しておりません」

「そっちが出していないのはわかってる」ジョニーは大声を出した。「実際に出版されているその手の雑誌の、誌名と住所を知りたいだけなんだ……」

「少々お待ちください」再びさっきより長い間保留になったが、やがてオペレーターは戻ってきた。「お待たせして申し訳ございません。お客様サービス部によれば、お求めの雑誌は『闘鶏場と闘鶏（ピット＆メイン）』といって、住所はサウス・ミシガン大通り二七九二番地……」

「どうも」と言ってジョニーは電話を切った。

店を後にした彼とサムは、南行きのミシガン大通りのバスに乗り、数分後にはサウス・ミシガン大通り二七九二番地から五十フィート以内の地点に降り立っていた。そこにあったのは、古めかしい六階建てのビルであった。

第七章

ビルの案内板にはコーコラン出版の名前があり、すぐ下にはこうあった。
お菓子とキャンディー
中西部家具ジャーナル
闘鶏場と闘鶏
玩具販売
売店経営
カメラの技術
ジョニーとサムは二階へ上がり、階段の突き当たりにある金属で覆われた重いドアを開けた。内側は広く薄汚れた事務所で、むしろ天井までは達しない間仕切りで区切られた、小部屋の集合というべき空間だった。
ジョニーは受付係がいないかと見回したが見当たらないので、開いていた小部屋の一つのドアに近づいた。
疲れた表情の若い男が、校正刷りで散らかったデスクに座っていた。
「『闘鶏場と闘鶏』の編集者に会いたいんですが」ジョニーは尋ねた。

「『闘鶏場と闘鶏』はミスター・コーコランが自ら担当していますよ」答えが返ってきた。「隅の大きな事務室です」

「ありがとう」

ミスター・コーコランの部屋は難なく見つかったが、それは他の小部屋が六、七フィート四方なのに対し、その部屋は少なくとも二十フィート四方はあったからだ。しかもミスター・コーコランの事務室の四方の壁は、天井まで届くガラスだった。

ジョニーはサムに向かってうなずいて、大きな事務室へ進んだ。着く前にジョニーには、ミスター・コーコランが大きなデスクに座っているのが見えた。黄疸にかかったように黄色い四十代半ばの男で、薄茶色の髪が広く禿げた頭の周りをふちどっている。

ジョニーは事務室のドアを開け、サムとともに入っていった。ミスター・コーコランはデスクから顔を上げた。

「何か?」

「ミスター・コーコラン」とジョニー。「わたしの名はフレッチャーで、こちらがミスター・クラッグです」

彼は手を差し出したが、ミスター・コーコランは両手をデスクに置いたままだった。

「何か?」再び尋ねた。

「闘鶏の専門誌『闘鶏場と闘鶏』の編集の方ですね」

「いや」とコーコラン。「闘鶏の繁殖の専門誌『闘鶏場と闘鶏』の編集者であり出版社社長だ」

「同じことです」ジョニーは言った。

「いや、違うね」コーコランは反論した。「闘鶏は違法だが、闘鶏用の鶏を育てるのは、そうだな――道を歩くのと同じくらい合法なんだ」

「いいでしょう」とジョニー。「合法です。だが殺人は合法じゃないし、ウォルター・ペニーは今朝殺されて……」

「ウォルター・ペニーだって……」と言いかけてコーコランは口をつぐんだ。

「彼をご存じですか？」

「そういう名の広告主がいる」

「よし」ジョニーは言った。「我々は同じ地点に立ったようですね」彼は椅子を引き寄せて座った。「今朝九時から十一時までの間、どこにいましたか？」

「君は警察か？」

「いいえ」ジョニーは言い返した。「面白半分にあちこち歩いて、人に話を聞いているだけです」

コーコランは深く息を吸ってから吐き出し、うなずいた。「なるほど。どこでウォルター・ペニーは殺され――死んだんだ？」

「僕の質問が先です」とジョニー。「今朝九時から十一時までの間、どこにいましたか？」

「九時には自宅で朝食を取っていたな」コーコランは答えた。「事務所に着いたのは十時で、それからずっとここにいる」

「証明できますか？」

「十時にここに着いたことは証明できるね」

「九時から十時の間は？」

「自宅から事務所までは三十分かかる」

「まだ説明されていない半時間が残っていますね」

「いや、そんなことはない。わたしは九時半までは家にいたんだ」

「ではお宅にそれを証言できる人がいますか？」

「わたしは独身だ。一人住まいだよ」

「お手伝いさんは？」

「手伝いはいない」

「自分で料理も作っているんですか？」

「たまたま料理好きで、得意でもあるんだ」

ジョニーは頭を振った。「世の中うまくいかないもんですね。あなたみたいに良い夫になりそうな男性は独身だし、家の周りをうろつく価値もないクズ男に限って結婚するんですから。それでどうなったか？　女性が料理をする羽目になったってわけですよ」

コーコランはジョニーを冷ややかに眺めた。「君の話ではウォルター・ペニーが殺されたということだったが？」

「公会堂で、今朝のどこかの時間にね」

「それで君はわたしを疑っているのかね？」

「いえいえ、単にお決まりの捜査をやったまでです。なぜここに来たかと言うと、闘鶏とそれにかかわっている人間について、何かしら情報を得たいと思ったからです」

「悪いが」とコーコラン。「闘鶏にふけっている者など知らないね」

「チャールズ・ホイットニー・ランヤードはどうですか？」

「ミスター・ランヤードは闘鶏用の鶏を育てているが、闘わせてはいない」

「いいですか」とジョニー。「これでは袋小路だ」彼はコーコランのデスクの遠い方の端に置いてある雑誌を見つけ、立ち上がって手を伸ばした。それは『闘鶏場と闘鶏』の十一月号で、七インチ×十インチの三十二ページほどの雑誌だった。表紙を飾っていたのはジャングル・ショール種の雄の大きな写真だった。下には以下のような説明があった。「チャールズ・ホイットニー・ランヤード飼育によるレッド・サンダー」

「僕の言いたいことがおわかりですか？」ジョニーは叫んだ。「レッド・サンダー、かつて地上に存在した中で、最も優れた闘鶏だ。だから冗談はやめて本筋に入りましょうよ」

「チャールズ・ホイットニー・ランヤードがいったいどんな人物か、知っているのかね？」コーコランは尋ねた。

「闘鶏用の鶏を育てている男です」

「そしてこの国で最も金持ちのうちの一人だ」

「なんと。そうでしたか。しかしそれでもなお闘鶏を育てている」

「ゲーム用の鶏を育てるのは」編集者は言った。「金持ちの道楽だ」

「オットー・ベンダーも金持ちなんですか？」

「オットー・ベンダー？」

「彼はあなたの雑誌に広告を出してないんですか？」

「その名前には聞き覚えがあるようだが、はっきりとはわからないな。三行広告か何か出したことがあるかもしれない。定かではないが」

ジョニーはさっきの『闘鶏場と闘鶏』を開き、最後のページをめくると三行広告が二ページにわたって掲載されていた。そこには『ジャングル・ショール』という見出しの下に、八から十の広告があった。オットー・ベンダーの名は二番目にあり、こう書かれていた。

ベンダーズ・シカゴ・ウィナーズ
若鶏・雄、若鶏・雌、産みたての卵あり
アイオワ州ウェイヴァリー　オットー・ベンダー

ジョニーは編集者に広告を見せた。「ほら、ここです」

コーコランはうなずいた。「わかった、うちに広告を出していたな」

「彼は金持ちと言えますか？」

「おいおい、うちには二百もの広告主がいるんだぞ。全員の財務状況など、わかるはずがないだろう」

ジョニーは質問を変えた。「亡くなったウォルター・ペニーについてはどうです？」

編集者はわずかに眉間にしわを寄せた。「ミスター・ペニーは珍しいタイプで、言ってみれば、闘鶏用の鶏を養成するプロなんだ」

「言ってみればね」とジョニー。「それで、闘鶏用の鶏を養成するプロとは何ですか？」

「それを職業にしている人間のことだ」

「ペニーは闘鶏を仕事にしていたと？」

コーコランはためらった後うなずいた。「ああ、否定してもしかたがない。ペニーは、その――噂になっていたからな。彼はホワイトハックル種を育て、ホワイトハックルを闘わせた。奴は、つまり、一緒に競技をやりたい相手ではなかったたってことだ」

「鶏を闘わせるから？」

「鶏を闘わせるやり方のせいだ」

「と言うと？」

「鶏に賭けるのさ」

「他の人たちは賭けないいんですか？」

コーコランは大きくため息をついた。「わかったよ。君は話したくないことまでしゃべらせるんだな。ペニーは鶏に賭けたが、自分の側だけではなかった――どういう意味かわかるか？」

「わざと負けるってことですか？ そんなことをするのは、頭のおかしい奴だけかと」

「その通りだ、警部、いや警部補か？」ジョニーは正そうとはせず、コーコランは続けた。「薬を盛られた鶏というのがいるんだよ」

「やっとのことでたどり着いたぞ！」

「ああ、それが知りたかったのか？」

「もちろん。ペニーが殺されて、動機を捜していたんですから」

「で、ときどき登場する薬漬けの鶏が、殺人の動機になると思うのか？」

「あなたはどう思うんです？」

コーコランは長い間黙っていた。それから頭を振った。「エルマー・コブという男について、聞いたことはあるか？」

「いいえ」

「聞いたことがないとは驚きだ。奴は有名なギャンブラーで――」

「ああ、あのコブですか」とジョニーは言ったが、それまでコブという名の人物のことなど、聞いたこともなかった。

「一ヶ月ほど前」コーコランは言った。「わたしはウィルソン大通りにあるブルー・ミルに立ち寄った。ウォルター・ペニーはそこでコブと同席していたよ」

「それで?」

「それだけだ。その情報は伝えたから、君はそれをどうとなり利用すればいいさ。特に意味はないのかもしれない」

コーコランの事務室のドアが数インチほど開き、疲れた様子の商業誌の編集者が首を突っ込んできた。「ドクター・ホイーラーがお見えです」彼は告げた。

コーコランは椅子を押し下げた。「すぐ行くと伝えてくれ」と言うと立ち上がった。「そろそろお引き取り願えるかな、巡査部長（サージェント）」

「軍曹（サージェント）?」立ち上がりながらジョニーは尋ねた。「何の軍曹（サージェント）ですか?」

「警部補か?」

「いいえ」

「役職はないのか?」

「ないといけないですか?」

コーコランは目を細めてジョニーを見た。「君は警察だと言って……」

「僕が？」ジョニーは驚いたふりをして問い返した。「あなたが警察から来たのかと聞いたから、僕はいいえと言いました。ただ歩き回って人々に質問しているだけだとね」

編集者の顔は真っ赤になった。「君は警官ではないと言ったというのか？」

「もちろんですとも」

コーコランはドアを指さした。「ではとっとと出て行け！」

「ちょうど出て行くところですよ」ジョニーはクスクス笑いながらドアへ向かった。しかしそこで振り返り、捨て台詞を放った。

「明日の夜、ランヤード邸での闘鶏には行かれるんですか？」

そして驚愕の表情で見つめるコーコランを尻目に、サム・クラッグを後ろに従え、事務室を出た。外側の事務所では、五十がらみの身だしなみの良い男性、すなわちドクター・ホイーラーが、『闘鶏場と闘鶏』の編集者に会うため待っていた。

ジョニーは彼にうなずいた。「もうお入りになれますよ」

「ありがとう」ドクター・ホイーラーは答えた。

一階に降りる階段で、サム・クラッグはジョニーに言った。「おれの考えでは、あの男は闘鶏について漏らしたより、もっと知っているようだったぞ」

ジョニーは含み笑いをした。「明日の夜、ランヤードのところに出かけるのか聞いた時のあいつの顔を見たか？　そこで奴が自分の雄鶏たちを闘わせているのに出くわしても、ちっとも驚かないね」

「本当に行くつもりか？」

「なんとしても見逃す手はないよ」

外ではちょうどバスが二十八番通りに停まったところだった。少しばかり走ってジョニーとサムは乗ることができた。

席に座るとジョニーは、コーコランのデスクから拝借してきた『闘鶏場と闘鶏』を開いた。雑誌としては粗雑なものだった。紙質は安っぽく、印刷は平凡だった。イラストは四角い網版の闘鶏で、明らかに養鶏業者の広告主の宣伝のために差し込んだものだった。闘鶏の世話や餌についての記事がいくつか掲載されており、そのうちの一つは展示会に向けた鶏の手入れで、また全国の鶏の展示会の報告も数多く載っていた。

しかし一番の目玉は雑誌の末尾近くのコラムで、見出しは「闘鶏場にて」、筆者名はハワード・コーコランだった。コラムは闘鶏という違法な娯楽に耽るやくざ者たちの活動を記したものだった。

「報道によれば、シカゴ近くの非公開の場所で闘鶏が開催され、少なくとも当面の間、ジャングル・ショールに対するホワイトハックルの優位が立証されたという。試合は十五ラウンドで、スコアは七勝対七勝。最後の勝負で、ドクター・ジェイムズ・ホイーラーが育てた（ただし闘わせたのは別の者）のホワイトハックルが、チャールズ・ホイットニー・ランヤードが育てた（これも闘わせたのは別の者）のジャングル・ショールに勝利した。二百人を超える愛好家たちが参加し、試合では多額の金が飛び交ったとのこと。ホワイトハックルとジャングル・ショールの再戦も間近と見られている」

記事を読みながらジョニー・フレッチャーはクスクス笑った。「いったい誰が誰をかついでいるんだろうね？」彼はサム・クラッグに雑誌を渡し、サムはいつも通りノロノロと読んだ。「おれに言わせりゃ」ようやく読み終えるとサムは言った。「明日の夜の勝負はリターン・マッチってことだ」

「ご名答！」ジョニーは言った。「そして記事にあった非公開の場所での、いわゆる闘鶏屋が開催する勝負に、ミスター・ハワード・コーコランが現れるという気がするね」

第八章

アダムズ通りでジョニーとサムはバスを降り、ラサール通りに向かって西へ歩いた。間もなく二人はD・タンクレッド・アンド・カンパニーの事務所へ上がっていくエレベーター内にいた。事務所へ入りながらサムが言った。「今度はおれ用のスーツを手に入れてくれよ」

「やってみるよ」

ジョニーは受付に名前を告げたが、株式仲買人の事務所に即座に通されたことに驚いた。

タンクレッドはジョニーを歓迎して手招きした。

「よく似合っているじゃないか」彼は言った。

「コートの袖がちょっと長いです」とジョニー。「でも問題ありません。行きつけの仕立屋が直してくれますから」

タンクレッドはうなずいた。「ミスター・フレッチャー、また会えないかと考えていたんだよ」

「僕は違いますね」

「と言うと?」

「必ずお会いできると確信していましたから」ジョニーはうれしそうにニッコリした。「つまりあなたは大金持ちで、僕は文無しだ。単純な話ですよ、そうでしょう? 蜂蜜と蜂みたいなものです」

「そうだな。それで君はわたしの——その蜜をもらえるのではと期待しているんだな？」

「もうすでにいただいています」ジョニーは新しい服をさっと払ってみせた。「もちろんあなたからのお金は、働いて稼ぐつもりです。それで思い出しましたが、我々は公会堂での鶏の展示会に行ってきたばかりなんです」

タンクレッドは一瞬ジョニーをまじまじと見つめ、それから静かに言った。「なるほど」

「お嬢さんがあなたにお電話しましたね？」

「ああ、うちの弁護士のランシンジャーが向かった。今——連絡を待っているところだ」

「大丈夫だと思いますよ」ジョニーは言った。

「そうに決まっている。ロイスはウォルター・ペニーをほとんど知らないんだ」

「でも今朝、その——事故が起こった」

不快の色がタンクレッドの顔をかすめた。「でもあれは事故だった」

「もちろん僕はあなたの味方です。ミスター・タンクレッド。ですがここにいるのは三人だけです。少し事態を考えてみることもできますよ。そして何を話しても、ここから漏れることはありません」

「何を話したいと言うんだね？」

「お嬢さんのロイスさんのことです。彼女の今の立場は、あまり良いとは言えませんね」

タンクレッドの穏やかな口調が一変して、鋭さを帯びた。「少し立ち入りすぎているとは思わんかね、フレッチャー？」

「そうは思いませんね。僕は今朝お嬢さんを湖から釣り上げた男ですよ。彼女はその時何かしら言っていましたし、それに……」少し間を置いて、ロイス・タンクレッドの車から拝借した赤い羽根とメモを、ポケットから取り出した。

タンクレッドはメモと羽根をジョニーの手から取った。長い間、単語二つを読むのにかかる時間よりはるかに長く、メモを見つめていた。それから羽根に触れ、再びメモに目をやった。

「どこでこれを手に入れた？」ようやく彼は尋ねた。

「ミス・タンクレッドの車からです。羽根はメモと同封されていました」

「一つだけ質問させてくれ、フレッチャー」タンクレッドは厳めしい調子で言った。「ついさっき、公会堂の鶏の展示会から来たと言っていたな。どうしたわけで行くことになったのかね？」

ジョニーが答える前に、タンクレッドの机の電話が鳴った。いら立ちの表情がよぎったものの、彼は電話を取った。「はい？」それからジョニーを鋭く見やり、電話に向かって「通してくれ」と言った。

ジョニーがドアの方へ向いたのと開いたのが同時だった。ロイス・タンクレッドが入ってきた。

「こんにちは」ジョニーを見て彼女は無表情に言った。

「ロイス」タンクレッドは声をかけた。「ちょうどおまえの話をしていたところだ」

「そこに加わったってわけね。ミスター――何だったかしら――フレッチャー？」

「ジョニーと呼んでください」

「ジョニー、わたしが逮捕されたと父に言ったの？　それともたぶん、警察があなたを捜してたって言ったのかもね？」

「僕を？」

「一番上役の警察官、何て名前だったかしら？　ああ――マクネリーね、ちょっとイライラしていたみたい、というか、たぶんそれどころの騒ぎじゃなかったわね、公会堂であなたを見つけられなかった時は」

「ああ、あいつか」ジョニーは何でもなさそうに言った。「ぼんやり待つのには飽き飽きしたのでね」

タンクレッドが机の奥から近づいてきた。彼は片手にロイスのメモを、もう片方の親指と人差し指の間に小さな赤い羽根を持っていた。

「これが何なのか話してくれるな、ロイス？」彼は静かに言った。

ロイスは手紙に手を伸ばしかけ、そこで明らかに気づいた様子だった。一瞬それを見つめ、すぐにジョニーの方へさっと向き直った。

「あなたが盗んだのね！」怒りを込めて彼女は言った。「わたしの車のグローブボックスから盗んだのね、この——コソ泥！」

彼女がジョニーに素早く近づいたので、彼は一歩後ずさりした。すると彼女は声を殺して言った。「今夜、ブルー・ミルへ来て」そして怒った大声で続けた。「何を企んでいるのか知らないけど、ジョニー・フレッチャー、あなたのやり口は好きじゃない。出て行って！」

「わかりましたよ、お嬢さん」ジョニーは肩をすくめた。彼はダグラス・タンクレッドの顔にすかさず目をやり、投資家が眉をひそめているのを見て取ると、ドアへ向かった。サムがそばにぴったりくっついていた。

「締め出されたな」サムが小声で言った。秘書室で彼はニヤニヤしながら言った。「蜂蜜はどうなったんだ？」

「腐っちまったよ」ジョニーは言い返した。

「ああ、そろそろおれたちは自分の仕事に戻った方が良さそうだな」

「ごもっともだ、サム」

二人はD・タンクレッド・アンド・カンパニーの事務所を後にして、マディソン通りを渡るとすぐカフェに行き着いた。中に入ってたらふく食べた。

ようやくカフェを出たのは五時少し前で、イーグル・ホテルに向かって二、三ブロック通りを歩いた。ロビーで二人は支配人のマカフィーに出くわした。その顔には残忍な笑みが浮かんでいた。

「鍵が要りますかね、お客さん？」彼は尋ねた。

「僕たちの部屋の唯一のね」ジョニーは答えた。

「ふーん、そうか？　いいかね？　我々はもう鍵を渡さないことにしたんだ。それにはお金をいただくことになってね」

「そう、ベッドメイキングや清潔なタオル類を部屋に置いたり、掃除をしたりという作業にかかるだけの金額だな」

「いくらだ？」

「それで思い出した」とジョニー。「宿代を払おうと思っていたんだ……」

「何だって？」

「おっと、一週間分の宿代だぜ」ジョニーはミスター・マカフィーのがっかりした表情を見ながら、楽しそうに微笑んだ。「今日耳を揃えて支払うつもりだったが、このちょっとしたスーツが割引になっていたので、買わずにはいられなかったんだ……ほら、男は身なりをできるだけ整えないといけないからね」

ホテルの支配人はジョニーをにらみつけた。「その服を今日買ったというのか？」

「そりゃ今朝は持っていなかったし、服をくれる人もいないから、買ったということだな」

「それとも盗んだかだ！」マカフィーは叫んだ。

ジョニーはため息をついた。「君は人を見たら泥棒と思うようだな」彼はポケットから五ドル札と十ドル札を取り出した。「この十ドルを宿代に充ててくれ、いいか？　明日になったら多額の小切手が郵送されてくるから、そうしたら残りも払えるんだが、この五ドルは雑費として取っておいた方がいいかも――」

彼が手にしていたのはそこまでだった。というのもミスター・マカフィーが紙幣を両方とも彼の手から引ったくったのだ。「雑費はこっちで預かる」マカフィーはうなった。

「領収書を頼むよ」ジョニーはてきぱきと言った。

マカフィーは机の向こう側へ行き、領収書を書きなぐった。書き終えるとそれを掲げた。「こいつが保証するのは一週間だ。いいか――一週間だぞ！」

ジョニーが領収書と部屋のキーを取り、振り向きざまに目にしたのは、床屋にして闘鶏の養成業者のオットー・ベンダーが、彼の方に向かってくるところだった。

「おや、君たち！」ベンダーは大声で呼びかけた。「ここで何してるんだ？」

「勘弁してくれ」サム・クラッグはブツブツ言った。

ジョニーはあわてて言った。「やあ、僕らもここに宿を取って、君を訪ねようと思ってたんだ」

「いいね」とベンダー。「後で街を見に出かける予定だが、それまで数時間あるし、部屋にはライウイスキーが一本あるんだ。部屋に上がってどうするか考えよう」

ジョニーとサムがベンダーの後からエレベーターに乗ると、床屋は言った。「四階！」

四階で彼らは降り、二人の部屋である四〇四号室を通り過ぎ、隣の四〇六号室の戸口で立ち止まった。ベンダーは鍵を開け、華麗な身振りで中へ入り、灯りを点けた。

「肩の凝らない小部屋だ」彼は熱を込めて言った。

「夜は暖房がきかないぞ」サムが言った。

「はあ？　なんでわかるんだ？」

「こういうところではそんなもんさ」ジョニーがすかさず言いつくろった。

ベンダーはベッドのそばに立っていた巨大なスーツケースを持ち上げ、開けた。シャツや下着の中を探って、ライウィスキーの一クォートボトルを取り出した。

「アイオワ産だ」彼は言った。「アイオワの麦から作られてる」浴室に行って水用のコップを一つ持って寝室に戻り、ウィスキーを一インチほど注いだ。一気に飲み、激しく身震いし、絞り出すように言った。「上物だ！」

そしてジョニーにボトルを手渡した。「ぐいっとやってくれ」

ジョニーはベンダーの手からグラスを受け取り、浴室へ行ってすすいだ。戻ってくると琥珀色の液体を半インチ注いだ。

「潔癖症だな、え？」とベンダー。「構わないよ。おれもグラスで飲むのが好きだからな」

ジョニーはウィスキーをあおり、むせた。「アイオワ産だって！」と叫ぶと、涙が頬を伝った。「ライ麦のほかに何が入ってる？　ダイナマイトか？」

「ダイナマイトか、ハハハ！」ベンダーは大笑いした。「君には無理か！」

「おれは飲めるぞ」サムはピシャリと言い放った。ジョニーの手からボトルを奪うと、口につけて傾け大きく三口飲み込んだ。瞬きもせず、彼はボトルをベンダーに手渡した。

「もっと飲んだこともあったぞ」彼は言った。

ベンダーはまたしても大笑いし、ボトルのコルク栓をはめ直すと、スーツケースに片づけ始めた。中を引っかき回し、一揃いのカードを取り出した。

「なあ、三人でスタッド・ポーカー（最初の一枚は伏せて配り、残り四枚は一枚ずつ表にして配るごとに賭けをする）をやるのはどうだ――暇つぶしにさ?」

サムはたじろいだが、ジョニーはベンダーをしっかり見据えた。「僕は構わないが、一セント玉は持っていないんだ」

「一セント?　誰が一セントの話をした?　ふん、アイオワじゃ五十セントを賭けたゲームをやっているが、今みたいな休暇中は、一ドルに引き上げることもあるぞ」

「そりゃ結構だね」とジョニー。

ベンダーはベッドにドスンと座り、カードを切り始めた。「強いカードの奴が配るんだ」彼は言ってキングを引いた。

ジョニーは3を引き、ベッドの上にカードを投げたので散らばった。ベンダーが拾い集めている間、ジョニーはこっそり十ドル札をサムに渡した。それで残った十四ドルの賭け金を、自分の前に置いた。

ベンダーは賭け金を見てから、サムの十ドル札も見た。「何を隠し持っている?」

「どういう意味だ?」

ベンダーは厚さ三インチほどもある丸めた札束を取り出した。一ドルも多少あったが、多くはなかった。札のほとんどは五ドルと十ドルで、二十ドルもちらほらあった。「つまり、今出している賭け金だけを当てにしているんじゃなかろうな、ってことさ、どうだ？」

「ああ」とジョニー。「たっぷり持っているさ。でもスタートとしては十分だろ」

「お互いが了解している限りはな」ベンダーはサムに引かせるためカードを置いた。サムはエースを出し、ベンダーはうなった。「運がいいな、え？」

「腕さ」とサム。彼はカードを切り、ベンダーに渡して二つに切らせてから、一枚は表、一枚は裏にして二枚ずつ配った。ベンダーが十で一番強いカードだった。

「一ドルだ」彼は言った。

「一ドルがリミット（一回の賭け金の制限）だったよな？」ジョニーが尋ねた。

「ああ、そうさ。最初のカードは一ドル、二枚目が二ドル、次が三ドル、最後は四ドルだ」

「それを一ドルリミットと言うのか？」

「うちのあたりじゃそうだ」

「ジョニー」サムが声をかけた。「こんなことに時間をかけていられないだろ。夕食の約束もあるし……」

「時間ならある」ジョニーは言い返した。そして賭け金の置き場に一ドルを投げ入れた。「配れよ」

サムは4を見せ、自分のカードを伏せた。ジョニーに5を配ると、すでに開示していたカードと組み合わせになり、ベンダーに配った札はキングだった。

「5のワンペアでリミットを賭けるぞ——二ドルだ」ジョニーは言った。

「言い忘れていたが」とベンダー。「ワンペアだと最後の賭け金になるんだ——四ドルだな」

「わかった、じゃ四ドルだ」ジョニーはぶっきらぼうに言った。

「コール（直前のプレイヤーと同額賭けること）して四ドルを増額（レイズ）するよ」ベンダーは落ち着き払って言った。

ジョニーはベンダーに素早く目をやったが、床屋は機嫌よく彼に微笑みかけた。「直感さ」

ジョニーはさらに四ドルを出し、手持ちの残りはきっかり五ドルとなった。「コール」彼は言った。

「はったりだと思うのか、え?」とベンダー。

「ああ」とジョニー。「キングのワンペアだ」

サムは四枚目のカードを配り、ジョニーに9を渡すと、伏せたカードの中に持っていた9とでツーペアになった。ベンダーはエースを手に入れ、ジョニーを探るように見た。

「5のワンペアでキングのワンペアをチェックする（賭けずにパスすること）」ジョニーは言った。

「いいとも」ベンダーは言った。「おれもチェックしよう」

ジョニーはしかめ面を押し隠したが、サム・クラッグはあからさまに、アイオワの床屋をにらみつけていた。彼は最後の札を配り、ジョニーに渡した8は何の役にもならず、ベンダーには表にしていたキングとペアになるキングを渡した。ジョニーは心の中でうめき声を上げた。

「キングのスリーカードでチェック」彼は言った。

「キングのスリーカードでリミット――四ドルだ」ベンダーは楽しそうだった。

「君の勝ちだ」ジョニーはカードを置いた。

ベンダーは含み笑いをしながら、手持ちのカードを見せた。3だった。

ジョニーは叫んだ。「3しか持ってなかったのに、賭け金を上げたのか?」

「直感さ」ベンダーの言葉は簡潔だった。

ジョニーはベッドから立ち上がり、ベンダーのスーツケースのところまで行くと、ライウィスキーのボトルを取り出した。コルク栓を抜き、ボトルから直接あおった。

「ボーカーなんかクソくらえ」彼は言った。「ジンラミーこそ僕のゲームだ」

「ああ、でも三人だとうまくいかないな」とベンダー。

「おれは今回は見てるよ」サムはすぐに言った。ジョニーのジンラミーの腕前は知っていた。

「いいのか？　ジンラミーのいい勝負はおれも好きだよ」

ベンダーはカードを切った。「紙と鉛筆がバッグの中にある」

サムはスーツケースまで行って、鉛筆半ダースと、ジンラミーのスコアパッドを三つほど見つけた。そのうちの一つをベッドまで持ってきた。

「一点につき二セントがおれのリミットだ」ベンダーが宣言した。「おれはただの労働者だからな」

ジョニーはベンダーの前にある金を見た。「あんたの店はよほど繁盛しているんだろうな」

「街一番さ。知っての通り椅子が三つあればできる」

「知らなかったがね」とジョニー。「二セントで構わないよ」

「三ゲームやったら、親を交替しよう、な？」

ジョニーは肩をすくめて同意し、二人は配る者を決めるため札をカットし、ジョニーが勝った。配ってから彼は、4のペアと手いっぱいの絵札を得たことに気づいた。

ベンダーは2を捨て、ジョニーはそれを拾い上げるとキングを手放し、手札から八点減らした。ベンダーはキングを拾って言った。「八点でさっさとノック（組にならない半端な手札が十点以下になったら、見せてゲームを終わらせること）させてもらうよ」

ジョニーはビクっと身をすくめ、サムは大声で叫んだ。ジョニーの手には六十二点あった。ベンダーは二度目の手を配り、三度目の札を引いたが、それによってジョニーが二十二点持っているのを暴いた。彼は三度目の手でも勝ち、ジョニーは九点持っていた。ジョニーは九十三点を課せられ、三ゲームとも失った。

それからベンダーが配る番になり、札を勢いよく切った。ジョニーはそれを四つに分け、ベンダーが配った。ジョニーは十一枚の札を見たが、一番小さい数は8だった。組み合わせられる札は一枚もない。「何だ、この最悪の手は?」彼は問い詰めた。

「何か間違いでも?」ベンダーは尋ねた。

「これが正しいっていうのか?」

「おれは自分の手に文句はないよ」

腹立ちまぎれにジョニーはキングを捨てた。ベンダーは札を引き、口笛を吹いた。「どまん中だ――ジン!」

ジョニーはベッドに札を投げ、そのせいで三、四枚が床に落ちた。その内の一枚をなんとか踏みつけると、彼はそれを拾い上げて引き裂いた。

ベンダーは動転して叫んだ。「カードはこれしか持っていないのに」

「そりゃ良かった」ジョニーは噛みついた。「どうせもうジンはやらないからな」

「どうぞご自由に」とベンダー。「どれどれ、このあたりは君のカードだろうな……六十、八十、九十、百点……ちょうど百点で中断だ」彼は素早く計算した。「トリプルブリッツで締めて千四百と何点かだ。千四百で中断だと――二十八ドル……」

「二十八ドルだって！」ぞっとしてジョニーは叫んだ。それから大きく息を吸い込んだ。「親を交替しよう」

「君がカードを破いたんじゃないか」ベンダーが指摘した。そしてふいにウィンクすると、ベッドを回って再度スーツケースに頭を突っ込んだ。戻ってきた時には、緑のサイコロを二つ手にしていた。

「こいつをちょっと転がしてみるのはどうだ？」

「もう絶好調ってわけか」ジョニーは食ってかかった。ベンダーの手からサイコロを奪うと、五ドル札をベッドに放った。

「投げろ」とベンダー。

「同額を出せよ……」

「出してるさ」ベンダーは言った。「君がおれから借りている二十八ドルからな……」

ジョニーは歯がみして、握りこぶしの中のサイコロを鳴らした。ベッドの上に転がしたが、きれいに一のぞろ目が出ただけだった。

ベンダーは五ドルを引ったくった。「もう一度やってみろよ」

「十ドル賭ける」ジョニーはうなった。

「現金で出せよ」

「出せるさ。同額張るのか？」

ベンダーはためらい、それからうなずいた。「投げろ」

ジョニーは転がして五を出し、続いて七を出した（二投目で七を出すと負け）。彼はうめいた。「どうしたっていうんだ？　今日は呪われているのか？」

「これで三十八ドルだ」ベンダーは冷静に言った。「なあ、おれたちみな、この未払いに巻き込まれているぞ。おれに三十八ドル払って、そいつを賭けながらやっていけば、誰が誰にいくら借りがあるかで揉めることはないんだ」

「僕を信用しないのか?」ジョニーは冷ややかに問いただした。

「信用するさ。でもゲームでは現金を拝みたいんだ。三十八——」

「三十八ドル!」ジョニーは怒鳴った。「三十八ペニーと何が違うって言うんだ? 出せると言っただろうが」

ベンダーはサイコロを取り上げた。「おれは十ドル賭ける。おまえも」サムに向かってうなずいた。

「張っていいぞ」

「やれ、張るんだ」ジョニーは叫んだ。

サムの顔は絶望にゆがんだが、ジョニーの荒々しい目つきに押されて、十ドルをベッドに放った。

ベンダーはサイコロを振り、転がして十一を出し、金を取った。

「いくらでも賭けるぞ——現金でな」彼は宣言した。

「地獄へ行け」とジョニー。

「おまえもそこにいるか? 三十八ドルを持って」

「それとバケツ一杯の氷もな」そう言うとジョニーは大股でドアへ歩いて行った。ドアを勢いよく開け、振り返った。「ホテルの支配人に、詐欺師が泊まっていると教えてやる」

「詐欺師だと?」ベンダーは叫んだ。「誰が詐欺師だ? おまえは十四ドルを持ってゲームに腰を据え、ポケットの金のことも話したが、おれはまだ拝ませてもらってないぜ。おれの考えていることはわかるな——おまえこそ詐欺師だ。そしておれはここにこいつを持って……」

彼の過ちは、何をしようとしているか予告したことだった。サムが彼と同時にスーツケースに向かって突進した。ベンダーの方がわずかに早く、大きなピストルに実際に触れたのだが、サムがその手から叩き落とした。それは床に落ち、サムはベッドの下に蹴り込んだ。

「おいおい、いけねえな」彼は言った。

ベンダーはサムに飛びかかった。「おまえを怖がるとでも思ってるのか?」彼はわめいた。「おれが目に物見せて……」

彼はサムに向かって拳を振りかざした。サムはそれを難なくつかみ、ベンダーの全身を持ち上げてベッドに投げ落とした。そして両手をはたくと、ジョニーを追ってドアへ向かった。

第九章

ジョニーは隣のドアへ走り、そっと鍵を開けて自分の部屋へ入っていった。サムが入ってきた頃には、壁に耳をつけていた。しかし彼が隣室から聞けたのは、かすかな物音だけだった。

サムが嘆き節を繰り出した。「なんでだよ、ジョニー！　あんなに長いこと無一文だった後で」

「あいつが田舎風のいかさま師だって、どうしてわかる？」

彼は両手をポケットに突っ込み、二十五セント硬貨と五セント硬貨二枚を取り出した。「三十五セントか。振り出しに戻ったわけだ」それからパッと明るい顔になった。「一週間分の宿代だけは払ってあるな」そして息を深々と吸い込んだ。「さて、ちょっと仕事にかからないとな」

「何をやって？　本はあと三冊しかないぞ」

「本を売ろうとは考えていないよ。あの鶏関係の連中はみな、たんまり金を持っているらしい……。それに殺人も起きたことだし」

サムは皮肉っぽく言った。「ではまたしても探偵稼業か」彼は片手を上げた。「文句があるわけじゃないよ。元手が必要だからな。今回ばかりはそいつにしがみつこうぜ。冬はすぐそこだ」

ジョニーはサムの擦り切れたトップコートをじっくり眺めた。「まず手始めに、おまえのオーバーコートを買わないとな。たぶん明日にでも」

「明日？　どうやって？」

「今夜まとまった金が手に入るかも。ロイス・タンクレッドに会うからな」

サムは目をパチパチさせた。「ついさっき、おまえにあんな口の利き方をしておいて?」

ジョニーは口をゆがめてニヤリとした。「父親のためさ。ブルー・ミルで会おうとささやいてきた。あそこはウィルソン大通りをずっと行った先だから、高架鉄道に乗るなら支度を始めた方がいい」

「ブルー・ミルに三十五セントだけ持って行く気か?」

「十五セントだ。資金のうち二十セントは高架鉄道の運賃だからね」

二人はシャワーを浴び、そのためホテルを出たのはほとんど七時近くだった。ウォバシュ通りまで東へ進み、高架鉄道の駅のホームへ上がると、一瞬後にはウィルソン大通り急行に乗り込み、二十分後にはウィルソン大通り駅に降り立っていた。

高架鉄道のホームからは、ブルー・ミルの青い水車のネオンサインが見え、通りに降りてから二人はウィルソン大通りを進んだ。そこはとてつもなく広い場所で、楽団の名前や催し物の広告が出ていた。ドアマンがおり、服には提督よりも多くの金モールがついていた。

店内のロープは上がっていたが、ジョニーが見たところ、席の半分は埋まっていなかった。

「ご予約済みでしょうか?」ボーイ長が尋ねてきた。

「予約が必要なのか?」

「その方がよろしいかと」ボーイ長は答えた。彼は半分空いたダイニングルームを見回した。「あいにく空いたお席がないようで……」

「ミス・タンクレッドと約束しているんだが」

ボーイ長の顔が明るくなった。「ああ！　もういらしてますよ。コートと帽子はお預けになりますか？」

「持っていくよ」

ボーイ長はギョッとしたようにジョニーを見つめた。「いえ、いけません。それは許されておりません」

「五分しかいなくても、持ち物を預けないといけないのか？」

「店のルールでして」

「売店とグルだな」ジョニーは噛みついた。しかしついには折れて、コートと帽子を預け、サムも従った。

サムはジョニーの耳元でささやいた。「どうやってあれを買い戻す？」

ジョニーは首を振った。ボーイ長は、ジョニーとサムがダイニングルームのフロアに入れるくらいにロープを外した。それからフックを受け口に戻し、ほの暗い照明が灯った奥の片隅へ、ジョニーとサムを案内した。ロイス・タンクレッドは四人掛けの席に座っていた。隣に座っていたのは、裕福な闘鶏の養成業者、チャールズ・ホイットニー・ランヤードだった。

「ミスター・フレッチャー」ロイス・タンクレッドは叫んだ。「ここでお目にかかるなんて奇遇ね」

「驚きましたよ」とジョニー。

この時になって初めて、ランヤードはジョニーの顔に気づいた。「今朝、鶏の展示会で話しましたね。ジャングル・ショールを育てているとか？」

ジョニーは唇に人差し指を当てた。「それは秘密ですよ」

ランヤードは笑った。「秘密に育てる必要はないですよ」

「こちらにいらっしゃらない?」ロイスが誘った。

「お邪魔でなければ」とジョニーは言い、椅子を引いて座った。サム・クラッグは咳払いして、ジョニーの隣に腰を下ろした。

ジョニーはテーブルの向こうの二人を楽しげに見て、それからテーブルに肘をついて身を乗り出した。「さて、殺人の話をしましょうか?」

ランヤードは嫌そうに顔をしかめた。「ディナーを注文したばかりなんだが」

「いいですね」ジョニーは言った。「僕らは済ませたところですが、お付き合いするためサンドウィッチを食べますよ」彼はそばでうろうろしているウェイターに合図した。

「どんな種類のサンドウィッチがあるかな?」

「どのような種類もございます」

「では、このくらいの厚さの小さいステーキが入った……」と指で二インチくらいの厚さを示した。

サム・クラッグが元気づいた。「おれも同じものを。それにフライドポテトもつけて」

「お待ちの間、何かお飲みになりますか?」

「ツーフィンガーくらいのライウィスキーにするかな」ジョニーは言った。「それとミスター・クラッグにも同じものを頼む」

ウェイターが去ると、ジョニーは再びテーブルに前のめりになった。「さあ、我々が話していた殺人についてです」

「話していなかったぞ」ランヤードはそっけなかった。

「なぜ話さないんです?」ジョニーは問いかけた。「正面から向き合いましょう――我々は皆、容疑者なんですよ」

ランヤードは大声を上げた。「君は何を当てこすって……?」

「僕は何も当てこすってなんかいません。でも警察はね」ジョニーはロイスに向かってうなずいた。

「あいつらはあなたに質問したでしょう? それ以上にバカげたことってありますか?」

「ミスター・フレッチャーの言う通りよ、チャールズ」ロイスは言った。「今朝公会堂にいた全員が容疑者なの」

「そしてウォルター・ペニーを知っていた者すべてがね」ジョニーが付け加えた。

ランヤードは眉をひそめた。「あの男はペテン師だった。話すに値しないよ」

「その通り」とジョニー。「でもペテン師だからと言って、そういう連中を殺して回るわけにはいかない」

「わ、わたしは彼を殺していないぞ」

「僕もです」ジョニーは朗らかに答えた。「実のところ、僕は彼を知ってすらいない。しかし、ちょっとペニーに目を向けてみましょう。あなたは彼をペテン師だと言った。どうやってそれを知ったんです?」

「彼は鶏に薬を盛っていたんだ」

「それ以外には何を?」

「それで十分じゃないか?」

ジョニーは頭を振った。「いいえ。さて、もし彼がちょっとした脅迫をしていたら……」

「脅迫？」ロイス・タンクレッドが叫んだ。

「脅迫です」ジョニーはきっぱり言った。「もし彼が、誰かの何かを知って、彼または彼女に『明日会おう云々』という手紙を送ったとしましょう。さて、今日がその明日であり、相手方は鶏の展示会で彼に会い――刺した」

「彼は撃たれたのよ」ロイス・タンクレッドは言った。

「そうですね、撃たれた。簡単この上なく。あのいまいましい鶏の一羽を怖がらせれば、奴らはけたたましく鳴き出し、一分もすればその場の鶏すべてが鳴いたりわめいたりだ。そうなれば起床号砲を撃ったって誰にも聞こえやしない。それで脅迫の被害者は、脅迫者と鶏の展示会で会う約束をしたってわけだ」

「ちょっと先走ってないか？」ランヤードは険しい顔で言った。「ペニーが脅迫者かどうかもわからないだろう」

「僕はただ、仮説を唱えているだけですよ。どこかから取っかかりを見つけないといけないでしょう？」

「いや、そうは思わないね」ランヤードは言い返した。「殺人の捜査は警察の仕事だ」

「それこそ僕が言ったことさ。警察はそういうことが得意だ。朝からずっと、ペニーの素性を調べている。今頃までには奴の生き方や、これまで知り合ったすべての人々の名前、どうやって稼いできたかもわかっているだろう。おそらく誰から金を得ていたかも、すでに知っているかもしれない。ペニーと最近一緒にいた者すべての名前を見つけ出すだろう……そして彼らを取り調べるだろうね。警察が取り調べをした人間は誰でも、新聞に取り上げられる。さて、我々を素人探偵と思ってもらって

――」

「我々を素人探偵って？」ロイスは鋭く突っ込んだ。

「僕とサムですよ。それが我々の仕事でね」

「本の販売員かと思っていたわ」

　ジョニーは彼女にウィンクした。「時に流れ者のふりをしなくてはならないんだ。変装って奴さ」

「君たちが探偵だって？」ランヤードは声高に言った。「闘鶏の愛好者だとばかり思っていたが」

「それもそうです。必要に応じて何にでもなるんですよ」

　ランヤードは顔をしかめた。「今朝闘鶏のことを話した時、そちらへ誘導したってことか？」

「いいですか、ミスター・ランヤード」とジョニー。「探偵である男が同時に、良い闘鶏試合の愛好者でもあり得るんですよ」

　ロイス・タンクレッドは急に椅子を引いた。「ちょっと失礼してもいいかしら？　少しお化粧直しをしたいの」

　男たちはさっと立ち上がり、ロイス・タンクレッドは化粧室へ向かった。三人の男たちはまた座った。

「さて」とジョニー。「腹を割って話しましょう」

「そりゃいいね」ランヤードはそっけなく言った。

「そうですとも。ウォルター・ペニーをどの程度ご存じです？」

「ほとんど知らないんだ。闘鶏で一、二度出くわしたくらいでね」

「それはほとんど知らないとは言えませんね。ご自分の鶏を彼のと闘わせたことは？」

ランヤードはためらってから、ため息をついた。「君は頑固なタイプだな、違うか？　いいだろう、インディアナラインを越えたところにある、ドクター・ホイーラーの家の異種混合闘鶏に行ったよ――五、六ヶ月前のことだ。自分の二羽のジャングル・ショールを、ペニーのホワイトハックル二羽と闘わせたんだ」

「どちらが勝ちました？」

「わたしの鶏だ――どちらもね」

「ご自分の鶏に賭けましたか？」

「ほんの少しだ。覚えてもいないよ。数千ドルだ、おそらく」

「はした金だね」とサム・クラッグ。

「実のところ、わたしの賭けの相手はドクター・ホイーラーだった」ランヤードは続けた。「彼は常にホワイトハックルに賭けるんだ」

「エルマー・コブはその場にいましたか？」ジョニーはさりげなく聞いた。

ランヤードは無意識にうなずきかけ、それからハッと我に返り、ジョニーを鋭い目で見つめた。

「エルマー・コブについて、何を知っている？」

「大物ギャンブラーということです」

「ああ、だがなんでまた彼が闘鶏に賭けたと思った？」

「彼とウォルター・ペニーが仲間だと聞いたので」

「誰が言った？」

「出版業の男――ハワード・コーコラン……」

「コーコラン！」ランヤードは叫んだ。「いやはや、彼は闘鶏の審判だったぞ」

今度はジョニーが驚く番だった。「コーコランが闘鶏の審判だった？」

「彼は全米でも指折りの審判の一人だ。なんと、彼が……」ランヤードは自分を抑え、ジョニーを鋭く見てから肩をすくめた。「いいだろう、わたしは明日の晩の闘鶏で、彼を審判として契約したよ」

「あなたはコーコランの雑誌に広告を出していましたね」

ランヤードは肩をすくめた。「遊びでね。実際には何も売らないよ」

「あの広告にいくら払っていますか？」

「それが今回の件と何の関係があるかわからないね。ひと月に六十ドルかそこらだろう」

「ほとんど価値はないですね」

ランヤードは渋い顔をしてジョニーをにらんだ。「ハワード・コーコランがあのちっぽけな広告のおかげで、わたしを気に入っていると言いたいのか……？」

「いいえ」とジョニー。「ただひと月六十ドルは、人によっては大金だと考えていたんです」

テーブルへ近づいてくるロイス・タンクレッドの姿が見えた。彼女の姿を見て取ると、ジョニーは弾かれたように立ち上がって、彼女のために椅子を引いてやり、ランヤードの役目をかっさらった。椅子を前に動かした時、ロイスの手が自分の手をそっと撫で、折った紙切れが押し込まれたのに彼は気づいた。ランヤードを見て彼は言った。「ちょっと失礼、電話をかけてこなくては」

サムが立ち上がろうとしたが、ジョニーが押し戻した。「おまえは残れ」

彼は手洗いを見つけ、ロイスに渡されたメモを広げた。中には四角い緑色の紙が入っていた。ジョニーがそのしわを伸ばしてみると、五百ドル札だった。そんな印刷物を見たのは、それまでの人生で初めてのことだった。

手洗いの係員が見ており、ゆっくり口笛を吹いた。「よう！」彼は重々しく言った。「大したもんだ！」

「ただの金さ」ジョニーはぼんやり言った。

それからメモを読んだ。「合格よ。あなたを雇います。わたしの合図に従って」

ジョニーはメモを細かくちぎって、ゴミ箱に捨てた。五百ドル札は一回折ってポケットに突っ込んだ。

係員は期待して見ていたが、ジョニーはウィンクしただけで、手洗いを後にした。

第十章

ディナー室を突っ切ってランヤードとタンクレッドのテーブルに戻ろうとしたところで、彼は椅子が二つ足されたのに気づいた。一つには燃えるように赤いイブニングドレスを着た赤毛の娘が座っていた。そしてもう一つに座っていたのは、アイオワ州ウェイヴァリーからやってきた、床屋のオットー・ベンダーその人だった！

ベンダーは両手を思いきり駆使して、テーブルのグループにまくし立てている最中だった。大きな街に出るのは年に一度きりだがな、楽しむ機会さえあれば、とことん楽しむんだ、本当だとも、と聞き手たちに語っていた。

それからジョニー・フレッチャーを見た。

「ジョニー、おまえか！」彼は大声を上げた。「ここにいたとはな。ここに来てサミーがテーブルにいるのを見たときゃ、驚いたのなんのって、ひげ剃りブラシでつつかれてもぶっ倒れるくらいだったぞ。今夜ここに来るってなんで教えてくれなかったんだ?」とジョニーのあばらをつついた。「それでおまえら二人とも女なしか。マージョリーが友達を見つくろってくれるさ。そうだろ、マージ?」

マージョリーは考えつつジョニーをじろじろと眺め、「あ、あんたにあたしの友達を見つくろってあげる」とベンダーに言った。「で、あ、あたしがジョニーと一緒に行くわ」

ベンダーは手のひらでテーブルをバンと叩いた。「いつでも人気者だ、な？　座れよ、ジョニー。何を飲んでる？　ハハハ、おれたちが手始めに飲んだボトルは、ホテルを出る前に空けちまったよ」

「だろうね」ジョニーは冷ややかに言った。彼はベンダーのそばに座ったが、床屋が振り向いた時の息の臭いを嗅いだとたん、身体を遠ざけた。

ベンダーは突然、チャールズ・ランヤードに少しばかり関心を向け始めた。テーブルの上に身を乗り出す。「いいかい、ミスター・ランヤード？　あんたと話したいとずっと待ってたんですよ。展示会ではいつも忙しそうだったからね。知っといてもらいたいのは、あんたが見てきた中でも最高のジャングル・ショールを、おれが育ててるってことさ。あの鶏の審査員たちがなんと言おうとね。そしてどんな闘鶏だろうと打ち負かす鶏を、おれは持ってる、間違いない」

ジョニーは声を張り上げた。「僕が注文したステーキは、どうなっているのかなあ」

「しかも」ベンダーは続けた。「明日の夜、闘鶏の試合を開くそうだね。さあ、そこでおれとしては……」

ジョニーは肘でベンダーの脇腹をぐいっと小突いた。「あのインチキなサイコロを持っていく気か？」

「インチキだと！」ベンダーは叫んだ。「今までインチキなサイコロを使ったことなんて、ただの一度もないぞ。それで思い出したが、三十八ドルが絡んだ一件があったな……」

「わかった」とジョニー。「そのケチくさい三十八ドルの話を聞かされるのは、もううんざりだ。ほら――ここからその分を取って、釣りをくれよ」

彼はポケットから五百ドル札を取り出して、オットー・ベンダーに突きつけた。床屋は受け取りかけてから、隅の数字を見た。

「五百ドル！」

サム・クラッグは危うく椅子から転げ落ちそうになり、ベンダーの友達の赤毛の娘に至っては――金切り声を上げげたため、ボーイ長がすっ飛んできた。

「五百ドル札！」彼女は叫んだ。「うそでしょ！」

「さあ」とジョニー。「釣りをくれよ」

「こんな札は崩せないよ」恐れ入った口調でオットー・ベンダーは言った。「もっと……細かいのはないのか？」

「ないね」

チャールズ・ホイットニー・ランヤードは目を細めてジョニーを見た。「たぶんわたしが……」

「お気遣いなく」ジョニーはあわてて口を挟んだ。

「ここはつまらないわ」ロイス・タンクレッドがふいに言った。

「それに人が多すぎる」ジョニーが当てつけがましく言い添えた。「店を変えよう」

「おい」オットー・ベンダーが抗議した。「逃げるなよ。おれたちは来たばかりだぞ」

「構わないさ」ジョニーは答えた。「君らはここにいて楽しめばいい」彼はウェイターに合図した。

ベンダーは言った。「それこそおれがいつも言ってることだ。おれはあんたらと付き合えるほど、洗練されてないってことさ。鶏の展示会ではあんたらに対抗して鶏を出品できるし、内輪ではポーカーもおしゃべりもできるが、公の場のレストランでは……」

「黙れよ」とジョニー。

赤毛の娘がいきり立った。「誰に向かって黙れなんて言ってるの？　この人だって言いたいことを言っていいはずよ」

「それなら歯をへし折られてもいいはずだな」サム・クラッグが割って入った。

「タフガイ気取りか、ええ？」オットー・ベンダーがせせら笑った。「故郷(くに)に帰りゃ、おまえなんぞひねって結んじまう奴がいるぜ。ビア樽を担ぎ上げるのを見たことがあるからな」

「おれは樽二つ持ち上げられるね」

「どうやって二つ持ち上げられるんだよ？　樽二ついっぺんにつかむなんて無理だろ」

ウェイターが伝票を書き終えた。「申し訳ございませんが」とジョニーに言った。「ご注文のステーキはもう焼いているところですので、そのお代もいただきます」

勘定は四十二ドル十五セントだった。ジョニーは五百ドルを取り出した。ウェイターはまじまじと見つめた。「こんなまだ宵のうちでは、お釣りを出せないと思います」

「これしか持ち合わせがなくてね」とジョニー。

「ほら」ランヤードが言った。「わたしが持つよ」

ジョニーはさっさと勘定書を渡し、ランヤードはウェイターの鉛筆を借りて、小切手にサインをした。彼とロイスは立ち上がったが、ジョニーはテーブルから離れるのにやや苦労した。オットー・ベンダーが腕をつかんでいたのだ。

「それじゃ、おまえとご立派なお友達とご一緒するには、おれはふさわしくないってことか、ええ？」

「誰が誰にふさわしくないってことじゃないよ」ジョニーは辛抱強く答えた。「話があるんだ」

「鶏のことか？」

「殺人の話だ」

ベンダーは目をパチパチさせ、彼が驚いている間に、ジョニーは腕を振りほどいた。そしてマージョリーの肩をたたいた。「いつか指輪をあげるよ、ベイビー」

彼はフロアを横切り始めたが、半分も行かないうちにサムが叫んだ。「あいつらが来るぞ！」

ジョニーはそのままクロークへ行き、そこではランヤードがコートと帽子を受け取っていた。皿の上には五十セント銀貨が二枚乗っていた。ジョニーは係の娘に、自分とサムのコートと帽子の札を渡し、受け取ると二枚の五十セントが乗った皿に、五セント玉を置いた。

娘は硬貨を引っつかみ、ジョニーに突き返した。「わたしを揉め事に巻き込みたいの？」

「いや、べっぴんさん」ジョニーは答えた。「これは君へのチップさ――取っておいてくれ」

娘は首を振った。「チップは全部差し出さなきゃならないし、五セント玉を出す人がいるなんて、ボスは信じてくれないわ」

「へえ」とジョニー。「それじゃ五セントは三十秒の仕事には少なすぎるっていうのか？　一時間に換算すれば六ドルになるし、一日だと四十八ドル、一週間だと三百ドルだ。それをはした金だって？」彼は五セント玉をポケットにしまった。

ランヤードは二十五セントを皿に置いて、ジョニーを振り返った。「君の図太さがうらやましいよ」

ベンダーがドタドタと駆け寄ってきた。「待ってくれ！」彼はカウンターの奥の娘に、コートの札を放りながら叫んだ。

「一緒に来るのか？」ランヤードはずけずけ言った。

「ここは自由の国だろ、違うか？」

ロイス・タンクレッドはジョニー・フレッチャーを腹立たしげに見たが、彼はお手上げというように、肩をすくめただけだった。彼は言った。「君たちのどちらか、高級な賭博場を知っていたりしないか？　いつも探すのに苦労するんだ」

ランヤードは顔をしかめた。「二、三、知ってはいるが、そこはちょっと――」

「エルマー・コブの店は知ってるか？」ジョニーはさえぎった。

ランヤードは彼をにらみつけた。「ああ、コブの店は知ってるが……」

「そこへ行きましょうよ」突然ロイスが言った。

「もってこいだ」オットー・ベンダーが賛成した。「多少すったところで、楽しんですったなら構わないね」ジョニー・フレッチャーをひたと見据えていた。

タクシーはディヴィジョン通りの大きな車庫の建物の前に停車し、乗客たちは降りた。運転手は疑わしげに建物を見た。「ここでいいんですか？」

「ああ」チャールズ・ランヤードが答えた。彼はロイス・タンクレッドが降りるのを手助けした。すでに降りていたジョニーは、自分の大金を取り出し、ランヤードに向かってニヤリとした。

「構わないかな？」

ランヤードはしぶしぶタクシー代を払った。

油で汚れたつなぎを着た男が、大きな車庫の扉に寄りかかっていた。

「車を取りに来たのかい、お客さん？」彼はランヤードに尋ねた。

「ああ、名前はランヤードだ」

「ランヤードね?」男はうなずき、小さなドアを開けた。「ここをまっすぐだ。エレベーターのところにいる男が、上に連れて行くよ」

六人組は一列になってドアを通り、薄暗い車庫を裏手まで進むと、そこには巨大な貨物用エレベーターがあった。中では腰掛けに座った男が競馬新聞を読んでいた。

「わたしはランヤードだ」裕福なスポーツマンが名乗った。「上にわたしの車があると思うが」

「ああ、もちろん」というのが答えだった。

「なんと!」オットー・ベンダーが大声を上げた。「すごいじゃないか――車庫に賭博場があるなんて」

エレベーターの男は彼を冷ややかに見た。「誰だ、こいつは?」

「彼なら大丈夫だ」とランヤード。

「そうかい? でもしゃべりすぎだな」

「誰が? おれか?」オットー・ベンダーが問いかけた。「おれは大丈夫さ、いいか。アイオワのウェイヴァリーで床屋をやっているが、地下室で何をやっていると思う? 野郎どものための小さくて気楽なクラブさ。スロットマシーンは三台も揃えたぜ。うちの街じゃ好まれないがね」彼は両手をこすり合わせた。「ここでアイデアをいただけるかもな」

「カード一枚だろ」とジョニー。「それからあの三十八ドルで何ができるっていうんだ? 求めても無駄だからな」

「ミスター・フレッチャー」ロイス・タンクレッドが鋭く言った。「来るの?」

彼らはエレベーターにどやどやと乗り込み、操作員に三階へと運ばれた。出たところは四、五十台ほどの車の真ん中だったが、ランヤードは誤ることなく一行を、上からの電球に照らされたドアへと導いた。彼がボタンを押すと、ドアにはめ込まれた小さな板が開いた。

内側にいた男にしばし検分された後、板は閉まり、重いドアが開いた。彼らはセメントの筋のついた小部屋に足を踏み入れたが、奥には別のドアがあった。

「こんばんは、ミスター・ランヤード」見張りが言った。彼は内側のドアまで行き、鍵で解錠した。ドアを押し開けると、そこには驚くべき部屋が現れた。少なくとも縦横四十フィート×六十フィートの広さの中に、サイコロの卓、ルーレットの台、ブラックジャックの設備があり、壁沿いには最低でも五十台のスロットマシーンが並んだカジノだ。部屋の奥一面がバーになっていた。

部屋には百人くらいおり、ほとんどが――男も女も――夜会服に身を包んでいた。

「うわあ、ご馳走を前にした豚の気分だ!」オットー・ベンダーが叫んだ。

「おまえの店の地下室みたいだって?」とジョニー。

四十がらみの、めかしこんで人当たりの良さそうな男が進み出て、「こんばんは、ミスター・ランヤード」と慇懃に言った。それからロイス・タンクレッドにお辞儀をした。「それにミス・タンクレッドも!」

「こんばんは、ミスター・コブ」ロイス・タンクレッドは言った。「こちらはミスター・フレッチャーと、ミスター・クラップ――」

「クラッグです」サムが訂正した。

オットー・ベンダーが手を突き出した。「オットー・ベンダーだ。アイオワのブレマー郡で、小さな店をやっていて……」

「床屋の地下室でね」ジョニーが付け加えた。彼はベンダーの肩をたたいた。「こいつには気をつけたほうがいいですよ、ミスター・コブ。とにかく抜け目ないからね」

コブは寛大に微笑んだ。「さようですか？　何がお得意ですか、ミスター・ベンダー？」

「インチキですよ」とジョニー。「さあオットー、サイコロ二つで何ができるか見せてやれよ」

「いいとも」ベンダーは横柄に言った。彼はマージョリーの腕を取った。「さあマージ、あらいぐまのコートを買ってやるからな」

第十一章

コブはベンダーと女友達と一緒に去った。ランヤードは言った。「別にここに来たかったわけじゃないが、来たからにはルーレットくらいやってもいいだろう。君はどうする、ロイス?」

「どうぞやって来て」ロイスは言った。「わたしはミスター・フレッチャーと飲み物を取ってくるわ」

ランヤードはどうしたらいいかわからず眉をひそめたが、軽く肩をすくめてルーレットテーブルの方へ行った。サムはジョニーの傍らでうろうろしていたが、彼の視線に気づき、立ち去った。ジョニーはロイスの腕を取り、バーの方へ向かった。

歩きながらロイスは言った。「絶対、あのお札を見せびらかして回っているでしょ」

ジョニーは口元をゆがめてニヤリとした。「チャーリー坊やをからかって、怒らせてやろうと思ったのさ」

「チャーリー坊や?」ロイスはムッとして声を上げた。「ミスター・ランヤードが何者だか知ってるの?」

「二千万ドル持ってる奴だよね。それとも五千万かな?」

「わたしの婚約者でもあるのよ」

「ああ」とジョニー。「なるほどね」

二人はバーに着き、スツールに腰掛けた。「ダイキリを」ロイスはバーテンダーに注文した。

「今宵の酒はライウィスキーからだった」ジョニーは言った。「だから、そいつにこだわるのもいいだろう」

バーテンダーは飲み物を取りに行った。ジョニーはバーに片肘をついて、ロイスを見た。「君は五百ドルをくれた」彼は言った。「かなりの額だ」

ロイスはうなずいた。「今朝あなたに仕事を持ちかけたわね」

「ある人物と話をしてほしいとね」

「ウォルター・ペニーよ」

「そして、もう彼と話す必要がないとわかった」

「あなたがわたしの車から取った手紙だけど」

「盗んだ、だな」

「そう、盗んだ手紙。ペニーからだったの」

「そんなことだろうと思ったよ」ジョニーはためらった。「あいつに何を握られてたんだ?」

「何も。つまり手紙は全部偽物だったの」

「手紙は全部」とジョニー。「君から奴に宛てたものか」

「偽の手紙よ」ロイスは言い張った。「でも一連の手紙が偽物だと、証明しなければならなかったでしょうね。それはまるで――手紙が本物だったと同じくらいつらかったと思うわ」

「あいつはもう死んだ。だから君を苦しめることはない」

「逆よ、もっとつらいわ。警察があの手紙類を見つけたら……」

「おいおい」とジョニー。「警察より先に、おれにその手紙類を見つけろっていうのか？」

「だからこそあのお札を渡したのよ」

　バーテンダーが飲み物を持って戻ってきた。ジョニーはライウィスキーの小さなグラスをにらみつけ、いきなりつかむとぐいっと一口であおった。そしてバーテンダーにお代わりを注ぐよう合図した。

「ウォルター・ペニーは今朝殺された」彼は言った。「警察は今頃、彼の持ち物を調べているだろう。その手紙類が見つかっているのは、ほぼ確実じゃないかな」

「そうは思わないわ。ウォルターは街なかにアパートを持っていたけど、田舎の方にも家があったの。そこはシカゴ警察の、なんとかいう――そう、管轄外区域なのよ。そこに手紙を置いていることは、ほぼ間違いないわ」

「でも君に、鶏の展示会で会えと言ってきたぞ」

「いいえ――自分の農場まで来させようとしていたの。だからこそ、手紙と一緒にあの羽根を送ってきたのよ」

　二杯目のライウィスキーが運ばれてきたが、ジョニーはただグラスをもてあそんでいた。「それで、その農場に出かける代わりに、湖まで散歩したのか？」彼は頭を振った。「その一連の手紙は、よっぽどの代物なんだな」

「ウォルター・ペニーは、十万ドルの値をつけてきたの」

「どんな手紙だって、それほどの価値はない」

「あると思うわ、嫌がらせ効果だけど、千五百ドルの価値はね」ロイス・タンクレッドは言った。

「五百ドルあげたわね。手紙を取り戻してくれたら、さらに千ドルあげるわ……」そして言いよどんだ。「ウォルター・ペニーの農場は、ベイカー・ヒルにあるの。すぐ隣に……」急に口をつぐみ、ジョニーを通り越した先を見つめた。

ジョニーは振り返り、ロイスの方に向き直ろうとして、急に再び顔を向けた。

『闘鶏場と闘鶏』の出版社社長ハワード・コーコランと、大きなホワイトハックルの飼い主のドクター・ホイーラーが、バーの方へ来るところだった。

ジョニーはスツールから降り、ゆがんだ笑みを浮かべた。「これはこれは」コーコランに向かって言った。「賭けに来たんですか?」

出版者はジョニーを冷たい目で見た。「やあ」素っ気ない挨拶だった。

しかしジョニーは拒絶されるつもりはなかった。「ミス・タンクレッドはご存じで?」

コーコランはうなずいた。「こんばんは、ミス・タンクレッド」ドクター・ホイーラーはもっと踏み込んだ。前に進み出てロイスの手を取った。「こんな場所であなたにお目にかかるとは、思ってもいませんでした」

「あら、なぜですかドクター?　あなたもいらしてるのに」

ドクター・ホイーラーはクスクス笑った。「確かにね」そして振り返った。「ルーレットテーブルで見かけたのは、ミスター・ランヤードだったのかな?」

「そうです」

「明日の晩に向けて、準備運動をしているんですよ」ジョニーが言った。

ドクター・ホイーラーの眉が上がった。「明日の晩だって?」

ジョニーは彼にウィンクした。コーコランはそれを見て顔をしかめた。「今日、わたしの事務所にいた男ですよ……お話ししたでしょう」

「ああ、もちろん」ドクター・ホイーラーはジョニーに微笑みかけた。「ちょっとばかり――いたずら者（ジョーカー）のようだね」

「ひょうきん者（カード）なんですよ」とジョニー。そしてコーコランに向かって言った。「サツが周りをうろついていませんか？」

コーコランはためらってからうなずいた。「マクネリーという男だ。警官になりすました奴がすでに現れたと言ったら、イライラしたようだったね」

「僕は警官になりすましたわけじゃありませんよ」ジョニーは言い返した。

「わたしがマクネリーに事実を伝えたら、君が出しゃばりすぎたと思ったようだ」コーコランは咳払いした。「だがわたしが思うに、彼は君に対する容疑を固めたようだぞ」

「誰かを告発するのは簡単ですから」ジョニーは気軽な調子で言った。「でもそれを確定させるのはまた別ですよ」

彼はサイコロのテーブルの方向をチラリと見た。その周りにはここ数分の間に大勢の人々が集まっていた。人垣の中心からかき分けて出てきたサム・クラッグが、ジョニーの視線を捉えて合図してきた。

ジョニーはロイス・タンクレッドに会釈した。「ちょっと席を外していいかな？」

そしてサムの方に歩み寄った。大男は顔を真っ赤にし、汗をかいていた。「あのバカ、店を潰しちまうぞ」彼は言った。

「何だって！」ジョニーは仰天して叫んだ。

「見てみろよ」

ジョニーはクラップス（サイコロ二つの出た目で競うゲーム）のテーブルを三重に取り巻いている人込みに突進し、両肘を巧みに使って厚かましくぐいぐい進み、オットー・ベンダーの側までたどり着いた。

床屋はサイコロ二個を手の中で転がしていた。

テーブルの向こう側では、賭博の世話人がピリピリしてベンダーを見つめていた。「ポイントは十だ」（ポイントとサイコロの目の合計が同じなら投げ手の勝ちでゲーム終了）彼はうなった。「投げろ」

しかしベンダーはサイコロを転がし続け、テーブルの周りのプレイヤーたちは、ベンダーが勝つという賭け率二倍の勝負に、金を雨あられと降り注いだ。ついている男がいて、周りの連中はそれに乗っかったのだ。

ベンダーはサイコロを投げかけたが、手から放す前に思いとどまった。「壁をさらに高くして、もう百ドル賭けるぞ」彼は黄色いカジノチップを四枚、テーブルに滑らせた。

「高い壁だな」世話人はぼそっと言った。

そこでベンダーはサイコロを投げ――目は五と五だった。

テーブルの周囲からどよめきが沸き起こった。「奴は壁を乗り越えたぞ！」

世話人はテーブルからサイコロを取り上げ、子細に調べ、ブツブツつぶやきながら首を振った。エルマー・コブが彼の傍らに現れた。そして世話人と助手が勝者たちに支払うのを手伝った。山と積まれたチップを払うこととなった。

「彼は勝ちっぱなしだな」コブは言った。「皆でうちの店を潰す気かね。賭け金を出してください、皆さん――わたしの金を持っていくがいい」

オットー・ベンダーはジョニー・フレッチャーの姿を見つけた。「家にいるみたいだ」彼は高笑いした。「大物相手だろうが小物だろうが、関係ないね。おれは全員に勝つ」

「ついてる奴だ」ジョニーは言った。「ゲームの金をかっさらっているじゃないか。いくら賭ける？」

「リミットまで――二百ドルさ」

これを聞いたコブが、テーブルの向こうから声をかけた。「あなたになら、ミスター・ベンダー、リミットを引き上げますよ」

「いくらまで？」

「ご希望の額までいくらでも、ミスター・ベンダー」

「千ドルでも？」

「二千でも、五千でも」

「おれは二千ドル儲けている――全額賭けよう」

「お望み通りに」

誰かがうめいた。「このカモめ、奴はもう九回も勝っている。勝ち目は百分の一だ」

「勝ち目は」ジョニーは大声を上げた。「五百十二分の一だ」

テーブル越しにエルマー・コブが、彼の目を捉えてきた。ギャンブラーの目は鋼鉄のように鋭かった。

ジョニーは五百ドル札を取り出し、いきなり「ドントパスライン」（サイコロの投げ手が負ける方に賭ける）に置いた。

コブは紙幣を引ったくり、投げ返した。「リミットは二百ドルだ」そして腹立たしげにベンダーを促した。「投げて」

ジョニーは自分の紙幣をつかみ、さっきのラインの上に置こうとした。「わかったよ、じゃ二百ドルだ……」

コブはそれを払いのけて戻した。「もう遅い」

ベンダーはサイコロを投げた。出た目は六と一！（一投目は合計七が出たら投げ手の勝ち）

今度のどよめきは部屋を揺るがした。ジョニーはそっと自分の五百ドルを畳み直し、ポケットに戻した。

そして——その時、火災報知器のようにやかましいベルが、カジノに鳴り響いた。

「手入れだ！」五十人もの喉から叫び声が上がった。

一瞬でカジノは大混乱に陥った。男も女もドアを探して右往左往したが、まったくなかった——彼らが入ってきたドアだけで、そこを誰かが外から打ち破ろうとしていた。

突然ドアは壊れて開き、斧を抱えた警官たちが部屋になだれ込んだ。

「皆動くな」一人の警官がありったけの声で怒鳴った。

走り回っていた人々は、次第に動かなくなった。警官たちは常連客たちを一列に並べ始めた。ドア近くではエルマー・コブが、制服姿の警察の責任者と激しくやり合っていた。

するとドアから、殺人課のマクネリー警部補が現れた。ジョニー・フレッチャーはそそくさと、賭博場の常連客集団の陰に身を隠した。サム・クラッグはのろのろとやって来た。

「マクネリーを見たか？」彼はかすれた声で問いかけた。

ジョニーはしかめ面でうなずいた。「今夜はおれたち、イーグル・ホテルの心地よい部屋では眠れないんじゃないかって気がしてきたよ」

マクネリー警部補は、ゆったりと部屋に入ってきた。出版社社長のコーコランと会って、少し言葉をかけ、それからまた歩き出して、ロイス・タンクレッドとチャールズ・ホイットニー・ランヤードの前で立ち止まった。二人と話しながら、その目はすばやく部屋中に投げかけられていた。

そしてついに、ジョニー・フレッチャーを見つけ出した。彼はただちにランヤードとロイスを置いて、進み出てきた。

「これはこれは、ミスター・フレッチャー」彼はジョニーに挨拶した。

「ああ、どうも」ジョニーは力なく応えた。

「今朝はどうしたのかね？」

「鶏の展示会でのことか？　ちょっと片づけなきゃならない仕事があったんだ」

「殺しの仕事か？」

ジョニーは顔をしかめた。「あの殺人については、これっぽっちも知らないね」

「そうか？　だが街中駆けずり回って、その件についていろんな奴と話してるじゃないか——警官のふりまでしてな」

「コーコランはとんだ嘘つきだ。こっちが警官だと名乗ったんじゃない。あいつがそう思い込んで——」

「それで、思い込ませておいたんだな。だが後で取り調べよう。本署でな」

「逮捕ってことか？」

「そうとも——賭博場で賭けていた容疑だ」

「ここにいる全員をしょっ引くのか？」

「いや、数人だけだ」

オットー・ベンダーが突然、集団の中から現れた。エルマー・コブと責任者の警官のところにまっすぐ向かった。

「おれの四千ドルはどうなるんだ?」彼は叫んだ。

コブは冷ややかに見返した。「君も昔ながらのギャンブラーなら」彼は言った。「掟は知っているだろう。手入れの場合、すべての賭けは無効だ」

ベンダーは大声でわめき散らした。「そりゃ泥棒だ!」

警察の責任者が言った。「賭博は違法ですよ。わたしの考えでは逮捕できる」そこで彼は、マクネリー警部補からの合図を受けた。「実際、これからあなたを逮捕します」

第十二章

その時は多少混み合っていたものの、そこはかなり快適と言える部屋だった。警官数名と地方検事事務局から来た二、三人に加え、マクネリー警部補、コブの賭博場の贔屓客たちが何人かいた。その客たちは奇妙にも、闘鶏と何らかのかかわりを持つ者ばかりだった。ロイス・タンクレッド、チャールズ・ホイットニー・ランヤード、ドクター・ホイーラー、ハワード・コーコラン、オットー・ベンダーとその赤毛の友人マージョリー、ジョニー・フレッチャー、そしてサム・クラッグ。

地方検事代理のマイケル・スティーヴンスが、会合を仕切っていた。細身で三十代半ばの青年で、皮肉っぽい顔立ちをしていた。

「我々は賭博場の客を起訴するつもりはない」彼は言った。「だがここにいる誰もが、今日行われた殺人に何かしらかかわっていて、しかも全員がこの賭博場に同時に集まっていたとは、偶然というにはちょっとできすぎではないかな」

ジョニー・フレッチャーが割って入った。「もう一つ、信じられない偶然がありますよ――我々全員がたまたま賭場にいた時、警察が手入れをやって、しかも通常の警察にたまたま殺人課の人間が同行していたんです」

地方検事代理は、ジョニーが座っている革張りの長椅子まで大股でやって来た。「名前は？」噛みつきそうな口調だった。

「フレッチャーです」

マクネリーが進み出てきた。「お話ししていたのはこの男のことですよ、ミスター・スティーヴンス」

「ああ、そうか」スティーヴンスの目がぎらりと光った。「今朝、君の手から逃げた男か……」

「逃げただって？」ジョニーは叫んだ。「僕はどこからも逃げてなどいませんよ。この扁平足野郎がお巡りみたいに騒ぎ立てている間、ただぶらぶらしているのに飽きただけです」

マクネリー警部補は思わず拳を上げかけたが、なんとか自分を抑えた。「離れるなと言っただろう」

「あんたが離れるなと言っただと？」ジョニーは鼻を鳴らした。「それで僕に指図するとは、あんたは何様のつもりだ？　図らずも僕は市民で納税者だが、あんたは市に雇われている――言い換えれば僕にだ。それじゃ、何の権利があって僕に指図するっていうんだ？」ジョニーは急に、地方検事代理の方を向いた。「それはあんたもだぞ。僕たちのために働いているんだ――ということは、僕たちの使用人ってことだ。覚えとけ、いいな？」

地方検事代理と殺人課の警部補は、長いこと視線を交わした。それから地方検事代理は、とてつもない努力をもって冷静さを取り戻した。「郡に雇われている者として、君たちを尋問するのがわたしの務めだ。そう、わたしは君たちのために働いているが、君たちはこの仕事をさせるためにわたしに支払っているし、君たちが受けて当然と思うサービスを提供するために、君の協力を仰ぐ必要がある」

「よかろう」ジョニーはうなった。「力を貸そう」

スティーヴンスは顔面蒼白でワナワナと震えていた。ジョニー・フレッチャーから一歩下がり、マクネリーに先を進めるよう身振りで促した。

マクネリーはしゃがれ声で言った。「ミスター・フレッチャー、よろしければわたしに――いや、わたしどもに、なぜ今朝公会堂にいらしたのか、お教え願えませんかね？」

「本を売るためさ」

「それでウォルター・ペニーが殺された時間にも、そこにいたと？」

「わからないな――何時に殺されたんだ？」

「検死官は七時から九時の間――おそらくは八時前後だと見ている」

「じゃ僕は外れるな。十一時前にはいなかったからね。証明もできるよ」

「誰が証明する？　ここにいる友達か？」

「そうだ」とサム・クラッグ。

マクネリーは首を振った。「それ以外の証明も必要だ」

「わかった、ドアマンだ。僕たちのことを覚えている」

「そんなはずがあるか？　午前中の間、何百人もの人間が出入口を通ったんだぞ」

「でも覚えてるさ」ジョニーの顔にかすかに、薄笑いが浮かんだ。「だってドアを切符なしで突破したからな」

マクネリーの目が細くなった。「彼が覚えているなら、どうやって切符もなく突破できたんだ？」

「サム・クラッグが運んでいた本の包みのおかげさ。なぜだか切符係は僕たちが切符を持っているはずだと思い、僕たちは――まあ、展示会に備品を搬入していると思わせておいたんだ。ちょっとした話し合いはあったが、通してくれたよ」

　スティーヴンスは再び前に進み出た。「つまりおまえたち二人は、三文本のセールスマンにすぎないというのか？」

「三文本だって！」ジョニーは叫んだ。「僕たちは十分足らずで四十八ドル稼いだんだぞ。あんたはそんなに稼げるか？」

　スティーヴンスはたじろいだ。「悪かった。謝るよ」彼は落ち着くために深く息を吸い込んだ。「だが警部補から聞いた件があるからな。警官になりすましたとかいう……」

　ジョニーは部屋を横切り、ハワード・コーコランの元へ行った。「ミスター・コーコラン、この人たちに真実を伝えてもらえませんか？　僕は警察官だと名乗りましたか、それとも名乗らなかったですか？」

　コーコランは顔をしかめた。「君はわたしに信じるよう仕向けて――」

「そりゃ無関係もいいところだ！」ジョニーは大声を上げた。

「おまけに適切でも重要でもない」スティーヴンスが小声でまぜ返した。（連邦証拠法が定める証人として使えない条件）

　ジョニーは続けた。「僕が警察から来たのか尋ねましたよね、ミスター・コーコラン？」

「ああ」

「それで僕は、いや、このあたりを回って人々に質問している者だと言った……そうじゃありませんか、ミスター・コーコラン？」

「ああ、だが――」

「それで全部です！」

「全部じゃない」コーコランは怒鳴った。「君の――その言い方だよ。当然、わたしは君が皮肉として言ったのかと――」

「あなたがどう受け止めたかは、どうでもいい」ジョニーは冷ややかに言った。「あなたは僕にまっすぐな質問をし、僕はそれにまっすぐに答えただけです」

地方検事代理は大声でうめいた。「本のセールスマンとはな！」

「この業界では一流ですよ」ジョニーは言い返した。「まだ続けますか？」

「ああ、もちろんだとも。続けてくれ」

「わかりました」とジョニー。そしてマクネリー警部補を見た。「僕があの賭博場にいると、誰が電話したんだ？」

「それに答えるつもりはない」マクネリー警部補は抑揚のない声で言った。

「でも誰かが電話したんだろう？」

マクネリーの顔に、再び赤みが差してきた。

「いいかフレッチャー、我々はおまえに好き勝手言わせてきたが、おまえは自分の許容範囲を超えているぞ」

「僕を逮捕させたいと思った奴がいる」ジョニーは続けた。「何かを恐れて、警察の追跡から逃れたがっている人間だ。そいつがコブの店からあんたに電話した……」

スティーヴンスはマクネリーを鋭く見た。マクネリーはためらった後、かぶりを振った。「あれは――声色を変えていた」

「男か女か？」

「女だ」

ロイス・タンクレッドはさっと立ち上がった。「それは嘘よ。わたし、わたしを責めるなんて……！」

「もう一人女性がいますよ」ジョニーは言った。

「彼女はこの――これに関して何のかかわりもないわ。彼女は……」ロイス・タンクレッドは口をつぐんだ。

ジョニーはくるりと向きを変えて、オットー・ベンダーの前へ行った。アイオワの床屋は顔をしかめた。「わかったよ、フレッチャー、おれだ。マージに警察を呼べと言ったんだ。あの三十八ドルが……」

「いい子だ」

ベンダーは激しい口調で言った。「コブの店に着いた直後に、電話するよう言ったんだが、その後サイコロでツキまくったんで、そのことを忘れちまったんだ。四千ドルがおじゃんになったよ」彼はエルマー・コブをにらみつけた。「この嘘つきめ！」

コブの目が細くなった。「わたしのことを話す時に、その言葉を使うな」

「じゃ、おれの四千ドルを返せ」

「こらこら」スティーヴンスが叫んだ。「今はその話はよせ。ミスター何だったかな……」

「ベンダーだ」

「ベンダー。マクネリーに電話したのは君の差し金だと認めるんだな。なぜそんなことを？」

「フレッチャーに三十八ドルの貸しがあるからだ。こいつはおれのことを、どこの馬の骨ともわからない田舎者扱いして、ホテルで仲良くやっていた些細なゲームで、おれが三十八ドル勝った時――」

「後で金を出したじゃないか」ジョニーは主張した。「おまえが紙幣の釣りを持っていなかったのは、僕のせいか?」

「五百ドル札の?」

マクネリー警部補が食いついた。「何だと?」

「こいつはおれに五百ドルを差し出して、釣りを期待していたんだ……」マクネリーがジョニー・フレッチャーの方へ、ものすごい勢いで向かうのを見て、ベンダーは黙った。

ジョニーは弱々しく笑ってポケットから紙幣を取り出した。マクネリーは彼の手から引ったくって、じっくり調べた。「こんなのがあと何枚かあるのか?」

「いや、でもそいつは問題ないだろう?」

「ああ、問題ない。だが……」マクネリーは舌で唇を湿らせた。「本のセールスマンが、五百ドル札を持っているとなると……」

「それのどこが悪い? 僕は優秀なセールスマンだと言っただろう。千ドル札を持っていたことだってあるんだぞ」

マクネリーはジョニーに紙幣を戻したが、まだ疑いの表情を浮かべていた。スティーヴンスと目を合わせると、部屋の隅に行った。低い声でしばし話し合った後、二人は戻ってきた。

「ちょっと前、我々は闘鶏について話し始めた」スティーヴンスはジョニー・フレッチャーに目を据えながら語った。「だがここにいるミスター・フレッチャーの――悪ふざけのせいで、話がそれてしまった。さて、異存がなければ、話を戻してそのまま進めよう。ミスター・ランヤード、あなたが育てているのは――つまり、鶏の展示会で闘鶏(ゲームコック)を出品していましたね」

「闘鶏全般（ゲームファウル）ですよ」ランヤードは訂正した。「雄鶏や雄の雛同様、雌鶏や雌の雛もいますからね」

「その通り。闘鶏全般（ゲームファウル）ですね。だが、闘鶏（ゲームコック）にやや絞った質問をしていいでしょうか――それも今は、雄に限った話を。その鶏たちは、ええと、これまでに闘う目的で使われたことは……？」

「わたしが闘鶏にかかわっているかという意味ですね。ええ、ミスター・スティーヴンス、かかわっています」

　スティーヴンスはこの率直な返答に驚いた。「認めるんですか？」

「いけませんか？　それが闘鶏を育てる目的ですよ、そうでしょう？　食べてもうまくない――だって固すぎますからね」彼は微笑んだ。「ああ、ご心配なく。市中では闘鶏はやりませんよ。ついでに言えば郡の中でもね」

「どこでやるんです？」

「あちらこちらで。とは言ってもあなたの管轄内ではやりません。だからご心配には及びませんよ。でも自分の鶏たちは闘わせますとも」

　スティーヴンスは少し顔をしかめた。「それで君は、ミスター・ベンダー？」

「この州で鶏を闘わせることは絶対ないね」ベンダーは言った。彼はランヤードにさっと視線を投げかけた。「だがいつでもどこでも、どんな鶏とでも闘える雄鶏は持ってるぜ。そいつを応援するためなら、金に糸目はつけないね」

「ちょっと待ってくれ、ミスター・ベンダー」スティーヴンスは大声を上げた。「ここはそんな場所じゃないぞ」

「あんたが聞いてきたんだ――」

「そうとも、そして君は答えた。それについてはもういい。いや――もう一つその件で、質問に答えてくれ。亡くなったウォルター・ペニーの持っていた鶏と、闘わせたことはあったのか？」

「ない」

スティーヴンスはランヤードの方に振り向いた。「あなたは？」

ランヤードは肩をすくめた。「ええ、自分の雄鶏たちを、ウォルター・ペニーの鶏と闘わせたことはありますよ」

ドクター・ホイーラーが初めて口を開いた。「わたしもです」

スティーヴンスはドクターの方へ部屋を横切った。「ドクター・ホイーラーでいらっしゃいますね。とても、ええと、有名な――」

「外科医です」ドクター・ホイーラーは答えた。「インディアナ州にある自分の農場で、闘鶏を育てています。ときどき闘わせることもある」彼は薄笑いを浮かべた。「でもウォルター・ペニーは殺していませんよ。誰がやったかも知らない」

スティーヴンスとマクネリーは視線を交わし、再び密談のために片隅に行った。しばらくかかったが、戻ってきたスティーヴンスは、お手上げという調子で言った。「今はこれ以上続けても、意味がないだろう。全員帰宅していいですよ」

「エルマー・コブ以外はな」マクネリーがきっぱり言った。「賭博施設を運営していた罪だ」

コブは肩をすくめた。「弁護士に電話させてもらいたい」

「調書を取った後ならな」

ジョニーは深く息を吸い込んだ。「じゃ、おやすみ、警部補」

マクネリーは脅すように歯をむき出した。「あまり調子に乗るんじゃないぞ、フレッチャー。他の奴ならただでは済まさないところを、今夜のおまえはまんまと逃げおおせた。だが次にここでおまえをつかまえたら、部屋中が百万長者だらけってことはないからな」

「次はないよ、警部補」

「ならいいがな。ちょっと待て——住まいはどこだ？」

「マディソン通りのイーグル・ホテルだ」

「ポケットに五百ドルがあるのに、あんなぼろホテルにいるのか」

「寛げるから気に入ってるんだ」

第十三章

ドアの薄い板を拳でドンドン叩く音がして、ジョニーは片目を開けてうめいた。「失せろ」彼は声をかけた。

「開けろ」廊下から返事があった。

朦朧としたままジョニーはベッドから這い出し、よろめきながらドアへ向かった。掛け金を外すと、勢いよくドアを開けた。「何のつもりだ、マカフィー?」彼は叫んだ。「昨日払ったばかりじゃ……」

そこで言葉は途切れた。というのも廊下にいたのはホテルの支配人ではなく、彼らの隣人にしてアイオワの床屋、オットー・ベンダーだったからだ。

「おまえか」うんざりしてジョニーは言った。

「おまえらは確かによく寝るなあ」ベンダーは鼻を鳴らした。「もう七時半だっていうのに、まだベッドにいるとはな」

「七時半だって!」ジョニーはわめいた。「そんな真夜中に厚かましくも、人を起こしたのか? 床についたのは一時過ぎだったんだぞ」

「こっちが寝たのは二時だぜ」ベンダーは言い返した。「なのにとっくに起きて、朝飯まで済ませたからな」

ジョニーは目をこすって目やにを落とした。「ここに泊まっているってなぜわかった?」

「昨夜お巡りに言っていただろう。知りたいんだが、おれの部屋でゲームをやった昨日の昼間も、ここに泊まってたのか?」

「おれはここの常客なのさ」ジョニーは人差し指と中指をぴったりくっつけて立てた。「支配人との仲は、こんな感じだ」

ベンダーはジョニーを押しのけて、部屋に入った。ベッドを見たが、そこでは大きな盛り上がり、すなわちサムが、噴火寸前の火山のような轟音を立てていた。

「フレッチャー」ベンダーは語りかけた。「昨日の晩、あいつらをさばいたやり方が気に入ったよ——お巡りと地方検事を」

「ちょろいもんさ」とジョニー。「訓練を積んでいるからね」

「度胸があるな」ベンダーは続けた。「おしゃべりの才能もだ。そこで提案があるんだが」彼は顔をしかめた。「おまえがおれから借りている三十八ドルは……」

「ベンダー」ジョニーは不快そうに言った。「馬鹿の一つ覚えか」

「商売は商売だ」とベンダー。「そしておれの商売は賭博だ」

「床屋だと思ってたが」

「それもある。昨夜はペテンに遭って四千ドルを取り上げられ、明日は家に帰らないといけないんで、今日が一山当てる最後のチャンスなんだ。まあ、こっちには国じゅうのどんなすごい鶏でも、やっつけちまう鶏がいるし——」

「で、そいつを応援するためなら、金に糸目はつけないんだな」

「その通り！」ベンダーは叫んだ。「今週末まで展示会に出しておくことになっているが、病気だとかなんとか理由をつけて、今日連れ出すつもりさ」

「いいね」ジョニーは皮肉っぽく言った。「それでホイットニーの家に連れて行って、勝者に挑戦させるってわけか」

「ご名答だよ、フレッチャー」ベンダーは感服した様子だった。「だからおまえが好きなんだ。まさにおれが考えていた通り——ただ勝者なら何でもいいってわけじゃない、もちろん。最強の鶏を出してきたホイットニーに、おれの鶏で挑戦したいんだ」

「まあ、やってみなよ」

ベンダーは顔をしかめた。「そこでひとつ提案があるんだ。ランヤードはおれにこれっぽっちも関心がねえ。昨日言ったように、おれは床屋で、あいつもおれをそう扱うが、でもフレッチャー、おまえは誰に対しても何でも言える。だからランヤードを突っついて——奴がもたもたしていたら、あのお巡りたちにやったように、そそのかしてほしいんだ。奴の鶏をおれのと闘わせるようにな」

「それで？」

「それでおれの鶏に三百ドル賭ける。賭け率は三から四対一のはずだ。勝った金額の五パーセントを分けてやるよ」

「そりゃまたご親切なことで、ベンダー」ジョニーは言った。

「引き受けるか？」

「いやだね」

ベンダーは仰天してジョニーを見つめた。「なぜだ？　おれは千ドルは儲けるだろうし、その五パーセントは――」

「五十ドルだ」

「その通り。五分かそこらのおしゃべりで、五十ドルになるんだぜ」

「おれはおしゃべりで稼いでるわけじゃない、ベンダー。しゃべり方を知っているから稼げるんだ」

ベンダーはしばしそのことを考え、それからしかめ面をしてうなずいた。「十パーセントにしよう」

「五十だ」

「五十パーセントだと！」ベンダーは吠えた。「おれの方は危険を全部背負い込むのに」

サム・クラッグがベッドから起き上がった。「ホテルが火事か？」と叫び、それからオットー・ベンダーを見た。「誰がこいつを入れた？」

「やあ、兄弟」ベンダーは言い、それからジョニーに声をかけた。「二十五パーセントにしてくれよ」

「五十だ」

ベンダーはうめいた。「おれの頭に銃を突きつけやがって。まあいい、鶏を受け取ってここに持ってこよう」

「ホテルに生き物は持ち込めないぞ」サム・クラッグが言った。「奴ら自身の――ゴキブリと南京虫以外はな」

「実にまあ面白いね」とベンダー。

電話が鳴り、ジョニーはベッド脇のテーブルの方へずかずか歩いて受話器を取った。「ジョニー・フレッチャーだ」送話口に言った。

ロイス・タンクレッドだった。「やると約束してくれた例のちょっとした仕事を、思い出してもらうために電話したのよ」

「ああ、あれはまだ続行中なの?」

「もちろんよ。お支払いしたでしょ?」

「ああ、でも誰かが君の気を変えたかもしれないと思ったんでね」

「誰も変えたりしないわ。あなたが届けてくれるのを当てにしているのよ」

「すぐ取りかかるよ」

「何か報告することがあったら、すぐに電話してね」

「ああ」

ロイス・タンクレッドがさよならを告げ、ジョニーが受話器を置くと、ベンダーが物問いたげに見つめてくるのに気づいた。「ガールフレンドか?」彼は聞いてきた。

「そんなところだな」ジョニーはパジャマの上を脱いだ。「さて、ちょっと失礼するよ」

「ああ、構わんよ」ベンダーはためらってから、ポケットからサイコロ二つを取り出した。「ちょっとこいつを転がしてみないか、あの三十八ドルを倍にするか無しにするか……?」

ジョニーはベンダーの片方の肩とズボンの尻をつかんで、ドアの方へ押しやった。外の廊下から、ベンダーは部屋に顔を突っ込んできた。

「田舎へは何時に出発する?」

「六時だ」ジョニーはきっぱり言い、ベンダーの鼻先でドアを閉めた。即座に掛け金を締め、浴室へ向かった。サム・クラッグが後を追った。

「あの田舎のペテン師は何がしたいんだ?」

「奴の鶏とランヤードの鶏の対戦を、取りまとめてほしいんだとさ。引き受けると言ったよ――賭け金の半分でな。奴が現ナマを提供して、儲けの半分をおれがいただくってわけだ」

「その鶏が負けちまったら？」

「その時はおれたちには一銭も入らない」

サムはうなった。「電話してきたのは、タンクレッドのお姉ちゃんか？」

「ああ、ただお姉ちゃんじゃないがな」ジョニーはシャワーを浴び始めた。「これから田舎へ行くぞ」

十五分後、二人はホテルのロビーへ降りていった。ミスター・マカフィーはデスク越しにしかめ面を作ってみせた。ジョニーは歩み寄った。「宿代のあとわずかな残りだが、ミスター・マカフィー……」

「実家から手紙が来たなどと言うなよ！　小切手入りの」

「ああ、もちろん来たとも。おれの言葉を疑ってたんじゃないだろうね？」ジョニーはポケットから五百ドル札を取り出し、しわを伸ばしてデスクに置いた。

マカフィーの目は、顔から転がり落ちるかと思うほど飛び出した。それから咳き込み始めた。それが治まると札を取り上げ、何度もひっくり返して綿密に検分した。「本物だ」ついに彼は言った。

「おれの金はいつだって本物さ」ジョニーは言った。「自分で稼いでいるからな」

マカフィーはまだ札を見つめていた。「おまえさんは、ええと、宿代を払いたいのか？」

「崩せるものならね」

マカフィーは貪欲そうな笑みを浮かべた。「巻き上げてやるよ。今日はたまたま従業員の給料日で、金庫に金があるからな」彼は向きを変えて事務所へ入っていった。少し経ってから四百八十四ドルを手にして戻ってきたが、一番大きい札は二十ドルだった。

「一週間分、前払いするか？」

「いや」とジョニー。「パーマー・ハウス（シカゴの有名ホテル）からずっと、仕事をいくつか頼まれていて、しばらくそっちに越すことになりそうなんでね」

マカフィーはただゴクリと唾を飲んだだけで、ジョニーとサムはホテルを後にした。外に出ると二人は、ノースウェスタン駅に向かってマディソン通りを西に進んだ。そこでジョニーは、ベイカー・ヒルへ行く電車が二十分後に出ることを知った。

彼らは食堂の一つであわただしい朝食を取り、電車まで急ぐと、すでに線路に止まっていた。数分後には動き出した。

第十四章

ベイカー・ヒルはシカゴから四十二マイル離れており、田舎の村と郊外の町が合わさった土地だった。四ブロックほどの大通りに、せいぜい一、二ブロックの通りが三、四本交差していた。人口は二千人に満たない。

ジョニー・フレッチャーとサム・クラッグは電車を降り、古めかしいおんぼろ車に近寄ったが、そのフロントガラスにはシールが貼られ、「タクシー」の一語だけが書かれていた。

「チャールズ・ホイットニー・ランヤードの家まで乗せていってもらえるかな?」ジョニーは尋ねた。

「行けるよ」タクシーの運転手は答えた。

「でもミスター・ランヤードに会いたいなら無駄骨だね。一時間前に街まで電車で行ったからな」

「構わないよ」とジョニー。「留守なら家をあさり回るのに、より好都合だ」

「はあ?」

「おれたちは強盗だから、主人がいない方が仕事がはかどるんだ」

タクシーの運転手はあやふやな笑いを浮かべた。「ふざけてるんだよな?」

ジョニーは肩をすくめた。「ランヤードは家に使用人を抱えているんだろう?」

「十人から十二人、あそこにはいるね。金持ちさ、ミスター・ランヤードは」

「わかった。それじゃちょっとタクシーを走らせてもらえるかな?」

「ランヤード家に行くのか?」

「いや」ジョニーは歯を食いしばって答えた。「ただ地元民を、ちょいとからかってみただけさ」

「そんなことなら」タクシー運転手は言い返した。「歩くがいいさ」

結局五ドル札で運転手をなだめてジョニーとサムは乗り込み、大通りをさっと走ってから、大きな穴がボコボコ開いているのが特徴の、砕石舗装された道に出た。

一マイルほど行ったところでタクシーは曲がり、最初の道よりやや細いがやはり砕石舗装された、はるかに滑らかな横道へと入った。

タクシー運転手は右側を指さし、「あそこがウォルト・ペニーの家だ」と言った。「昨日街で殺された奴だよ」

サムは外を見ようと首を伸ばし始めたが、ジョニーが肘であばらを小突いた。「そうなの?」彼は何気なさそうに尋ねた。

「謎だらけだ」タクシー運転手は続けた。「地元の新聞は全面その話題ばかりさ。ここらじゃランヤードとの折り合いが悪かったって、もっぱらの評判だよ」

ジョニーはあくびをし、運転手は肩をすくめて運転を続けた。しかし半マイル行ったところで、彼はブレーキを掛け始めた。「さあ、着いたよ——州で一番の農場さ。もし誰かに聞かれることがあれば、そう言うね」

その通りに見えた。とてつもなく広大な、白く塗られた煉瓦の農家は、二十部屋近くありそうで、近くには白い骨組みの別の農家もあった。管理人の「小屋」だった。家の奥には巨大な家畜小屋に納屋、それに長い鶏舎もあり、すべてピカピカした金属製の送風機を備え、白く塗られていた。金が惜しみなくこの「農場」に注ぎ込まれていた。

ジョニーとサムはタクシーを降りた。

「待っている方がいいかい?」タクシー運転手が、期待を込めて尋ねた。

「いや」とジョニー。「仕事がしばらくかかりそうだからな」

「少しは待っていても構わんよ」運転手は言った。「乗せて戻ってやるよ――五ドルでな」

「そりゃどうも」ジョニーは歯を見せて答えた。「だが仕事にありつけなければ、歩いて帰るからな。実際、歩かなきゃならないんだ」

「仕事を探しているのか?」

ジョニーは手のひらを上にして、両手を広げた。「おれは郡でも最高の乳しぼりで、この友達は最高の鶏の専門家だ」

「特に南部風フライならな」とサム。

タクシー運転手は彼らを怪しげに眺め、それから急にギアを入れ、おんぼろ車を車道までバックさせ、向きを変えてベイカー・ヒルへと戻っていった。

ジョニーはタクシーが勢いよく出発するまで待ってから、サムにうなずいた。「これでよし、さあ歩こう」

「ペニーの家へ戻るのか?」

「そうさ。あのでしゃばり野郎に、おれたちの行き先を知られたくなかったんだ」

二人は本道をとぼとぼ戻り、ウォルター・ペニーの家が見えるところまで来た。ランヤードの名所に比べると、ペニーの農場は小作人の家のようだった。それでもかなりこぎれいな六、七部屋の農家と、大きな赤い家畜小屋、二棟の長くて赤い鶏舎があった。言うまでもなく風車と、前庭でひときわ目立つトラクターがあった。

その家は道から百フィートほど引っ込んでおり、砂利を敷いた車道でつながっていた。ジョニーとサムは車道をてくてく歩いていった。家を通り過ぎようとした時、正面のドアがいきなり開いて、男がポーチに出てきた。背が低くずんぐりした四十歳くらいの男で、リーバイスとウールの陸軍のシャツを着ていた。

「おや、こんにちは」ジョニーは言った。

「誰か探しているのか?」男は尋ねた。

「ここはウォルター・ペニーの家だね?」

男はうなずいた。「ああ、だがペニーはいないぜ」

ジョニーは男を値踏みした。「ペニーの親戚かい?」

男は首を振った。

「友達か?」

「おれはここで働いている」

「ああ、そうか」とジョニー。「じゃあんたはまさに、おれが会いたかった人だ」彼は軽く咳をした。

「おれたちは郡から来た」

「それで?」

「ミスター・ペニーが亡くなったのは知ってるな?」

「ああ」

「それで我々の仕事は、彼の、ええと、所持品を管理することなんだ」

「彼の持ち物を調べたいということか?」

「その通り」

「そりゃ無理だな」

ジョニーは片足を、ポーチにつながる階段の一番下に乗せた。「あんたのここでの肩書は何だ?」

「ここで働いている、以上だ」

「何をやって?」

「やらなきゃならないことは何でもやる」

「はい訂正」とジョニー。「何でもやった、だろ。ミスター・ペニーは死んで、彼の死とともに、あんたはお役御免になった」

「誰もおれにまだ支払ってくれないから、払ってもらえるまでここにいる」

ジョニーは深々と息を吸い込んだ。「いくら払ってもらえるんだ?」

「半月の賃金は——五十ドルだ」

「そうか」とジョニー。「おそらく郡が払ってくれると思うね」

彼は札束を取り出し、二十ドル札二枚と十ドル札一枚をめくって、ポーチにいる男の目の前に広げた。

「ほら。さて、もしよかったら……」

「荷造りするものが多少ある」

「どうぞ、やってくれ。その間に、我々はいろいろ見させてもらうよ」

男は肩をすくめ、ドアの方へ向かった。ジョニーとサムはその後から家の中へ入った。手前に雑然と家具が置かれた居間があり、事務室あるいは私室が片側に、その反対側に小さな食堂とその向こうに大きな台所があった。

階段は二階の寝室へつながっていた。ジョニーが五十ドルを渡した男は階段の方へ向かった。「自分たちで見てくれ」彼は肩越しに言った。

「どうも」

ジョニーは事務室に入っていき、眉をひそめたサム・クラッグが続いた。部屋の中でサムはささやいた。「あいつの顔つきが気に入らないな、ジョニー」

「奴は心配ない」ジョニーはサムに請け合った。「あの五十ドルで納得したさ」彼は昔風のロールトップデスクに近づき、カバーの部分を持ち上げようとしたが、鍵がかかっていた。彼はサムに向かってうなずいた。サムは指で回転式スライドカバーの取っ手をつかみ、床からデスクごと持ち上げたが、鍵はビクともしなかった。

彼はゆったりと横の方へ歩き、デスクを押しつぶすように端っこにドサッと座り、再度座った。鍵はガチャッと外れ、回転式カバーが大きな音を立てて上がり、きれいな吸い取り紙と空の整理棚が現れた。

ジョニーはがっかりして大声を上げ、引出しを開けてみた。中にはいろいろなものが詰まっていた。地元の食料品店の請求書、血統書、養鶏業者のカタログが数種類、それに大量の鶏の写真。しかし個人的な手紙の類いはなかった。

部屋の反対側にある鉄製の戸棚に、入っているかもしれない。ジョニーはそちらに行き、一番上の引出しを、鍵がかかっているだろうと思いつつ引っ張った。驚いたことにかかっておらず、簡単に開けることができた。索引のついたマニラ紙の紙挟みには、手紙が何通かあったが、ほんのわずかしかなかった。ジョニーはそれらにさっと目を通した。ほぼウォルター・ペニーの鶏の商売絡みのようだった。養鶏業者からの問い合わせ、ペニーが『闘鶏場と闘鶏』に出したらしい広告への返答。罪に問われるような物も、個人的な物もなかった。

マニラ紙の紙挟みの奥には、四十から五十個の丸いアルミの容器があり、直径およそ一インチ、高さはその二倍もないくらいの、小さくて小ぎれいな代物だった。それらはフィルムの容器で、ジョニーはその一つを適当に選んで開け、三十五ミリに現像されたフィルムを一巻き取り出した。その一部分を広げ、灯りにかざして見ると、裏庭の風景と見分けられる写真で、個人や集団が写っていた。彼はフィルムを元通り丸くなるにまかせ、別のフィルムを広げてみた。最初のものとよく似ていた。

フィルム容器の奥にはアーガス製カメラがあった。ウォルター・ペニーについてジョニーが学んだ限りでは、カメラ愛好者とは信じがたかったが、どうやらそのようだった。

ジョニーが三つ目のフィルム容器を開けた時、部屋の電話が鳴り響いた。ジョニーはビクッとして電話をいら立たしげに見た。サムが近寄ろうとしたが、ジョニーが下がるよう合図した。電話は鳴り続け、階段をドカドカ上がってくる足音がして、ペニーの元従業員が部屋に入ってきた。

「なんで出ない？」彼は尋ねた。

「おれ宛てじゃないからね」

男はうなり、受話器をフックから上げた。「もしもし」と言い、「ああ、おれだ。かけてくれて良かった。郡から来たっていう野郎が二人、ここにいるんだが、あちこち嗅ぎ回っていやがる」電話越しにジョニーをにらみながら、少しの間聞いていた。表情はますます険しくなっていった。

「こいつらの様子が気に食わねえ。わかったよ、シム」

彼は電話を切り、ジョニーの方を示した。「探していた物は見つかったのか？」

「いや」とジョニー。

「何を探しているか教えろよ。力になれるかもしれん」

「そうかもしれないが――特別な物を探していればな。ただそうじゃないんでね」

「探しているのは、特別な――手紙じゃないのか？」

ジョニーは彼を注意深く見定めた。「この辺にあるのか？」

男はジョニーの脇に歩み寄り、鉄製のファイルの低い方の引出しを開けようと屈みこんだ。「ここにあるはずだ、ほら――」引出しの奥に手を突っ込み、屈んだままジョニーからサッと離れた。

製造されている中で最大のオートマチック四十五口径――が、ジョニーに狙いを定めていた。「探していたのはこれか？」

「おれは頭の検査をしてもらうべきだったよ」ジョニーは苦々しげに言った。

「間違いないな」銃を持った男が同意した。「ここから何か持って帰れるとは思っていなかっただろう？」

「そうだな」

「もしそう思っていたとしたら、チャンスはなかったからな。おまえらが探し回るのにまかせておいたのは、どこを探せば見つかるか――何かが――そのヒントを持っているかもしれないと思ったからだ」

「おまえも知らないってことか？」

「隅から隅まで探し回ったが、見つからねえ」

「奴はここに金を置いていなかったのかな」

「誰が金の話をした？」

「金を探していたんじゃないのか？」

屈んだ男はジョニーを仏頂面で見た。「ペニーはここに一銭も置いていなかった」そしてジョニーを疑いの眼差しで見た。「何をおれに渡そうとしていた？」

「おれたちが何を探していると思うんだ？」

「手紙か何かだろう」

「どんな手紙か——何かだと思う？」

男は四十五口径を使って怒った仕草をした。「たわごとを言ってるんじゃねえぞ」

サムが口を挟んだ。「銃を下ろせ。話し合おうじゃないか」

銃を持った男は、サム・クラッグの筋肉を見積もった。バカにしたようなニヤニヤ笑いで口元をゆがめた。「おまえはデカイな、確かに。だがおれは、つい一、二年前までリングに上がっていたんだ。おまえなんぞバラバラにしてやるぜ」

「言っておくが」サムが応酬した。「一発だけ打たせてやるよ、おれがやり返す前にな」

「相手になってもいいぜ——後で」というのが答えだった。「このちっぽけな件を解決したらな」彼はジョニーに向かってうなずいた。「今話をしたいか、それともシムが来るまで待つか。奴は今にもここに来るが、血も涙もない男だぜ」

「おれだってそうさ」ジョニーが言い返した。

車の排気音がジョニーの耳に届いた。騒音はますます大きくなり、少ししてから家の外でクラクションが鳴った。四十五口径を持った男はドアの方へ行き、大胆にも外に目をやった。

「オーケイ、シム！」彼は声をかけた。

階段を上る足音が聞こえ、ドアが押し開けられ、シムが入ってきた。大男で背丈は六フィートちょっと、体重は二百ポンドのご近所さんといったところ。ジョニーがかつて見た人類の中で、最も残忍な顔つきをして、あごをきれいに横切るギザギザの傷のせいで、さらに凄みを増していた。

「よう、ホレース」彼は言った。ジョニーとサムを値踏みすると、ジョニーにずかずかと近寄ってきた。

「誰がおまえらをここによこした？」彼は問い詰めた。

「覚えていないねえ」とジョニー。

シムはジョニーの顔を、平手でしたたかにひっぱたいた。ジョニーは痛いのと同じくらい驚き、後ずさった。サム・クラッグはかすれた叫び声を上げ、シムに突進していった。

ホレースが同時に前方に飛び出した。サムはビッグ・シムの片腕をつかんで投げ飛ばし、顔に一発お見舞いしようと、拳を後ろに引いたところで、ホレースがオートマチックの銃口をサムの背中に押しつけた。

「そこまでだ！」彼は叫んだ。

サムは拳を振り上げたまま、その時ですら一瞬、結果も顧みずにシムを殴る誘惑に駆られていた。

しかし友の窮状を見てとったジョニーが叫んだ。「やめろ、サム！」

サムはシムを離し、ホレースは直ちに銃を持ったまま数歩離れたが、相変わらずサムに狙いを定めていた。

シムの顔は怒りにゆがんでいた。「タフガイか、ハッ！　だがおれがおまえの片をつけたら、そうもいかなくなるぜ」彼はジョニーの方を振り返った。「おれの質問に答えろよ。誰がおまえらをここによこした？」

ジョニーは黙ったままだった。シムは再び尋ねた。「何を探している？」

ジョニーはかぶりを振った。「特別なものじゃない」

シムは再びジョニーを打とうと手を上げ、サムの喉からうなり声が出た。シムは止めた。「このゴリラを黙らせられねえのか、ホレース？」

「ああ、もちろん」ホレースは言い、「だがほら、シム、ここは道路に近すぎる。誰かが通りかかって、こいつらのわめき声を聞くかもしれねえ。ここに入って来る奴さえいるかもな。納屋の方へ連れて行こうぜ」

「そりゃいい考えだ」シムが認めた。「来い、おまえら」彼はドアの方へうなずいたが、ジョニー・フレッチャーはその場を動かず、ホレースがサムをよけながらやって来て、オートマチックで突っついた。それでジョニーはそそくさとドアへ歩いていった。

シムはその後にすぐついて退出し、その後サムがホレースに追い立てられて来た。外で四人組は家から百ヤードほど離れた大きな赤い納屋へと歩いていった。

第十五章

納屋へ入るとシムは、干し草置き場へ続く大きな空間へ向かったが、ホレースが呼び止めた。「こっちの場所の方がいいぞ、シム」

彼は、見るからにしばらく使われていない牛舎を指さした。長さ十フィートほどの飼い葉桶と、牛四頭分の牛房から成っていた。どの牛房にも、飼い葉桶まで牛用の鎖が結ばれていた。それぞれの鎖の端には幅広い三インチのベルトがあり、牛の首に巻くためのものだった。

ホレースは革ひもの一本を手に取り、含み笑いをした。「ちょうどいい」

シムは革ひもをホレースの手から取り、うなずいた。ホレースは銃をサムに向けたまま、後ろに下がった。シムは大男の背後に回り、脇の下に手を伸ばすとベルトの端を背中に回し、サムの腕を脇にぴったりくっつけた。

そして革ひもの端をバックルに通し、サムの背中に膝をつけてバランスを取りながら、ベルトをきつく締め上げたので、サムはほとんど息ができないほどだった。仕事を終えると彼はサムの顔を平手打ちした。「さあ、タフになれよ」

彼は同じ工程を別のベルトでジョニーに繰り返した。仕上げにジョニーの顔を殴ったが、今度は拳骨だった。生温かい血がジョニーのあごを伝った。

よろめきながら彼は言った。「おれはヒーロージャない。フィルムを探してたんだ」

「フィルムだと?」シムが叫んだ。「フィルムをどうしようっていうんだ?」

「ペニーは手紙を何通か写真に撮っていた」ジョニーは言った。「おれたちを――ここによこした人物は、ペニーから手紙を買い取ったが、その後奴が写真に撮っていたことに気づいたんだ」

ホレースはシムに言った。「家の中に小さなフィルムの缶が山のようにあるぞ。おれが攻撃した時、奴はその山を探し回っていたな」

シムはジョニーの顔を、拳の裏で殴った。「誰がこの仕事におまえらを雇った?」

ジョニーは舌で血をなめた。「ダグラス・タンクレッドだ」

「嘘をつかねえほうがいいぞ」シムが脅すように言った。「なぜなら嘘をついてたら、おまえが今までくらった拳固は、ただの見本にすぎないってことになるからな」彼はホレースにうなずいた。「フィルムはどこだ?」

「案内しよう」

「いや、ここにいて奴らを見張っとけ」

「何のために? 革ひもから抜け出すには時間がかかるぜ」

「それでも、万一のことを考えるんだ。ペニーはどこにフィルムをしまってたんだ?」

「手紙の後ろの鉄製ファイルの中だ。大量にあるぞ。四十から五十個だな。全部見ていかないといけないぞ」

「わかった。こいつらから目を離すなよ」

シムは納屋を出て行き、ジョニーとサムは視線を交わした。ホレースは乳しぼり用の椅子を見つけ、ドアのそばに置いて座った。

ジョニーはホレースに呼びかけた。「ちょっとこの革ひもを緩めてくれないかな？　皮膚に食い込んでいるんだ」

「おあいにくだな」同情のかけらもなくホレースは答えた。

ジョニーは再びサムを見た。「本を売っていた頃に戻りたいなあ」

サムの目に光が宿った。「ああ、おまえは客寄せの口上、そしておれは――」

ジョニーはうなずいた。「できるか？」

サムは、ホレースが椅子に座っているドアの方へ、用心深いまなざしを送った。筋肉隆々の男は、彼らにあまり注意を払っていなかった。革ひもに絶大の信頼を置いていたのだ。信頼しすぎたかもしれない。というのも、彼はジョニーとサムのセールスの現場を見たことがなかったからだ。

サムはできる限り深々と息を吸い込み、低く屈んでから肺の空気を全部吐き出した。ジョニーはささやいた。「今だ！」

サムは顔を上げ、ゆっくり身体を起こしていくとともに、空気を吸い込んだ。彼の胸は一インチ、一インチ半、二インチとふくらんでいった。革ひもはサムの服の上から、皮膚にまで食い込んだ。サムの胸はさらに一インチ広がり、四インチに……その時、バチンという音とともに、幅広い牛の革ひもがちぎれた！

そしてサムは低くうずくまってから、ドアのそばのホレースの方へ突進した。ホレースがその接近に気づいた頃には、二人の間は半分に縮まっていた。チンピラは仰天のあまり、銃のことを思い出す前に椅子から飛び上がった。そして銃を使うにはもう手遅れだった。

サム・クラッグの肩はホレースのみぞおちに当たり、悪党は後ろに引っくり返った。頭が壁に当たり失神した。サムは足をもつれさせながら手を伸ばし、男のコートとシャツを左こぶしでつかんだ。そして右手で一度男をなぐった。一度だけだがホレースを一時間寝かせておくには十分だった。

サムはジョニーの元に駆け戻り、一瞬でベルトのバックルを外した。ジョニーは痛めつけられた肺に空気を取り入れ、深々と吐き出した。「さて、シムの奴とちょっくら話そうか」

納屋のドアへ向かう間に、ジョニーは眠っているホレースの大砲を拾い上げた。しかし裏庭に抜けるドアを開けた時、自分たちが間違いを犯したことに気づいた。サムの脱出はあまりに早すぎたのだ。納屋は母屋から三百ヤードほど離れており、シムは歩いていてまだ到着していなかった。

あと二、三フィートで着くというところで、ドアにまっすぐ向かっていたのに、彼は何気なく肩越しに納屋の方を振り返り、二人の男を見てしまった。歩いていていいのは、一人だけだったにもかかわらず。彼はいきなり立ち止まり、ジョニーとサムを一瞬見つめると、一目散に自分の車へと駆け出した。

ジョニーとサムは家の方へ走り出し、ジョニーは大きなオートマチックを振りかざして叫んだ。

「おい、待てよ！」

しかしシムは、自分がさんざん暴力をふるったとわかっていたので、誰のことも待つつもりはなかった。彼は車に乗り込むとバックさせ、私道から出て幹線道路に向かっていった。

シムが幹線道路に着いてギアを前進にシフトした時、ジョニーはまだ一五〇ヤード離れたところにいた。毒づきながらジョニーは横滑りして止まり、オートマチックを抜くとすばやく二発撃った。ピストルで正確に撃つにはあまりにも距離があったが、ジョニーは二発のうち一発でも効果があればと願っていたのだ。しかし明らかに効果はなかったようで、車はうなりを上げて道路を走っていった。

うんざりしてジョニーは銃をサムに渡した。「戻って我らが友ホレースが、お行儀良くしているか見て来いよ。おれはあのフィルムを見てみる。シムに言ったでまかせは、結局のところでまかせじゃないのかもな。実際、思いつきとしちゃ悪くない」

サムはブツブツ言いながら納屋の方へ急ぎ足で戻っていき、一方ジョニーは家の方へ歩を進めた。故ウォルター・ペニーの書斎で、ジョニーは椅子をファイリングキャビネットに引き寄せ、巻かれたフィルムの確認をし始めた。それは骨の折れる作業で、というのもどの巻にも三十以上の写真があって、いちいち灯りに透かして確認する必要があったからだ。

検証した最初の六巻は、ほとんど鶏と農場関連ばかりで、ジョニーは容器に戻す手間を省いて片隅に放り投げた。七巻目で人々が写っているプリントに行き当たった。そのうちの数枚はグループ写真で、男の一人には見覚えがあったが、すぐ後でクローズアップの写真に行き着いた時、ネガであるにもかかわらず、シカゴのギャンブラー、エルマー・コブだと判別できた。

ジョニーは電灯のある場所に移動して点灯し、より鮮明にフィルムを見られるようにしてから、残りの巻を注意深く調べた。コブとドクター・ホイーラーが一緒に闘鶏用の鶏を検分している一枚が、ジョニーの興味を引いた。そしてコブとホイーラーと、皮肉っぽい笑みを浮かべた男が写っている写真が数枚現れた。彼がコートを脱いでおり、また他の誰よりも一連の写真に登場していることから、この男こそ亡くなったウォルター・ペニーであるとジョニーは確信した。

四人目の男が、それらの写真の一枚に写っていた。ホレース、今は納屋で失神しているチンピラだった。

ジョニーはそのフィルムを脇によけておき、別のフィルムを調べた。三、四本には興味をそそるものは何もなかったが、十三本目か十四本目のフィルムを何気なく眺めていたジョニーは、突然慄きの叫びを上げた。ロイス・タンクレッドのミディアムクローズのショットが出てきたのだ！

ジョニーはそのフィルムを長いこと眺め、それから指の間を滑らせて次の長方形の写真を見つめた。それもロイス・タンクレッドだった……。ロイス・タンクレッドはビーチハウスか旅人向けの小屋か、あるいはおそらく山小屋とも思える、小さな一部屋だけのコテージのドアの前に立っていた。

ロイスの三枚目の写真では、顔を上げて楽しげにウォルター・ペニーに笑いかけていた。二人とも例のコテージの前に立っており、ペニーはトレーニングシャツとショートパンツ姿、ロイスは膝丈のぴったりしたパンツと、男物のシャツを着ていた。

ロイスとウォルター・ペニーの四枚目の写真では、二人は水着を着て、水の上に突き出た飛び込み台に立っていた。背景には、前の写真で彼らがその前でポーズを取っていたコテージの一部が写っていた。

これらの写真の意味するところは明白で、ジョニーはそっと口笛を吹いてフィルムを巻き、容器に入れ、アルミの缶をポケットに突っ込んだ。

彼は残りのフィルムを調査し、四十から五十枚のウォルター・ペニーのさまざまなスナップと、大量の鶏と農場関連の写真を見つけたが、興味を呼び起こすものはもうなかった。

ファイルキャビネットにフィルムを投げ戻し、ジョニーは家の中を素早く探索して回ってから、家を離れて納屋へぶらぶらと戻った。そこで彼は、ホレースが意識を回復したものの牛舎に寝たままで、サムが乳しぼり用の椅子に座って、ホレースのオートマチックをクルクル回しているのに出くわした。

「やあ、ジョニー」サムは朗らかに言った。「おれとホーシーはちょっとしたゲームで楽しんでいたんだ。こいつは起き上がってボクシングの技を見せようとしたんだが、おれがノックダウンしてやったよ。床に倒れた時の弾み方からすると、リングじゃ結構いいファイターだったようだ。訓練がいるからな。起きろホース、ジョニーにも見せてやれ」

しかしホレースは見るからにもう十分痛めつけられた様子だった。彼はサムを口汚く罵ったが、床に伸びたままだった。サムは立ち上がった。

「探し物は見つかったか、ジョニー」

ジョニーはうなずいた。「もう街に戻った方がいい」

「ホーシーはどうする?」

ジョニーは肩をすくめた。「おれたちが来た時は、ここにいたからな」

サムは銃をトップコートのポケットに入れ、二人はドアへ進んでいった。そこでジョニーがふいに、あることを思い出して振り向いた。

「おれの五十ドルだ」彼はホレースに言った。

ホレースはしぶしぶ金を戻した。「おれの銃は?」

「手土産として取っておくよ……それにおまえのダチのシムと出くわした時のためにな」

彼らはホレースを納屋に残して幹線道路へ向かい、そこからベイカー・ヒルの村までとぼとぼ歩いていった。実際の距離は二マイルもなかったのだが、たどり着くまで一時間近くもかかったのは、ジョニーの新しい靴がきつくなってきて、痛む足を休ませるために何回か立ち止まらないといけなかったからだ。

そうしてベイカー・ヒルでわかったのは、彼らが街行きの電車を逃したばかりで、次の電車が来るまで一時間近く待たなければならないということだった。それでイーグル・ホテルに戻った時には一時を回っていた。

ジョニーはホテルのキーをポケットに入れていたので、まっすぐエレベーターへ向かったが、フロントデスクの奥にいたミスター・マカフィーが彼に合図してきた。

「伝言があるんだ、ミスター・フレッチャー」彼は紙切れを鍵の棚から取り出して言った。

ジョニーは紙切れを受け取って眺めた。こう書いてあった。「ミスター・タンクレッドの事務所に電話してください。至急」

ジョニーは目を上げ、マカフィーが探るように見ているのに気づいた。ホテルの支配人は上機嫌で笑いかけてきた。「あのミスター・タンクレッドかい？」好奇心を隠しきれずに彼は尋ねた。

「もちろん」とジョニー。「ある社債についてのおれの意見を求められていてね」

マカフィーは疑わしげにジョニーを見た。「至急ってことだぞ。彼の事務所に電話してやろうか？」

ジョニーは肩をすくめた。「そうしてくれ」

マカフィーはデスクの電話を取り上げて告げた。「エルシー、ラサール通りのD・タンクレッド・アンド・カンパニーにつないでくれ。ミスター・タンクレッドに……ミスター・フレッチャーから」

彼は電話器を下げて、つながったと通知があるまでの時間、ジョニーを見ていた。ジョニーはデスクにもたれてあくびをした。

マカフィーは突然電話を上げた。「ミスター・フレッチャーがミスター・タンクレッドにかけています」そして目をぱちぱちさせた。「少々お待ちを」電話をジョニーに手渡した。

ミスター・タンクレッドはすでに電話に出ていた。「フレッチャー」彼は言った。「ずっと君をつかまえようとしていたんだ。わたしの事務所に来られるか？」

「ええ、もちろん、ミスター・タンクレッド」ジョニーは言った。それからホテルの支配人のために付け加えた。「非常に重要な案件ですか？」

「実のところ」タンクレッドは言った。「かなり重要な案件だよ」

「わかりました」ジョニーは言った。「十五分で行きます」

彼は電話を切り、マカフィーに電話機を渡した。ホテルの支配人は、何が何やらといった様子で首を振った。「さっぱりわからない」

「いつか教えてやるよ」ジョニーは軽い調子で言った。「さあ、もう失礼して、タンクレッドのために何ができるか、ひとっ走り行ってくるよ」

彼はサム・クラッグに合図し、揃ってホテルを出た。通りを渡ろうという時、ジョニーが立ち止まった。「なあサム、ちょっと頼まれてくれないか？――重要なことなんだが」

「いいとも」

「『闘鶏場と闘鶏』の事務所まで行って、ハワード・コーコランに会ってきて……」

サムはたじろいだ。「コーコランはおれたちのどちらも、気に入っていないと思うぞ」

「わかってる。実を言うと、そこに賭けているんだ。奴は激怒して、おれの知りたいことをしゃべるかもしれないって」

「何だ、それは？」

「ウォルター・ペニーの夏のコテージの場所さ」

「奴が知っていると思うのか？」

ジョニーは肩をすくめた。「あいつは誰よりもペニーのことを知っていた。おそらくエルマー・コブを除いては。そしてコブから情報を得るのは、もう少し難しいだろう。いいか、ペニーの夏のコテージ――湖のそばの――がどこにあるか、ただコーコランに聞いてくれ。それだけだ。その質問への答えをもらうだけで、今日の仕事は終わりだ。おれが自分で行ってもいいが、タンクレッドのところでどれくらい足止めを食うかわからないからな。六時にはホテルに戻って、オットー・ベンダーと会うことになっているぞ」

彼は紙幣を数枚ポケットから取り出し、サムに与えた。「タクシーで行けよ」

サムは金を受け取り、道端からタクシーに乗った。ジョニーに手を振って別れを告げ、ジョニーの方は通りを渡ってドラッグストアへ入っていった。

第十六章

彼はタンクレッド家の番号を調べて電話ボックスに入り、ダイヤルを回した。執事の滑らかな声が応じた。「ミスター・タンクレッド宅でございます」

「ミス・ロイス・タンクレッドとお話ししたいのですが」とジョニー。

「申し訳ございません。ミス・タンクレッドはご不在です」というのが答えだった。

「とぼけるなよ」ジョニーは大声を上げた。「おれはフレッチャーで、ミス・タンクレッドはおれからの電話を待っているはずだ」

「それでもいらっしゃいません」

ジョニーは罵り、受話器をレシーバーに叩きつけた。ドラッグストアを出てから、ラサール通りを急ぎ足でD・タンクレッド・アンド・カンパニーまで向かった。

彼はただちに招き入れられた。タンクレッドの握手は温かかった。「座ってくれ、ミスター・フレッチャー」彼は心を込めて言った。それからジョニーを見つめて唇を引き締めた。「言わなければ、と言うより君に聞かなければならないことは、少し難しいんだ。秘密を暴くことになるが、やる必要がある」彼は少し間を置いた。「ミスター・フレッチャー、なぜわたしの娘は昨夜、君に五百ドルを渡したんだ?」

ジョニーはゆっくり息を吸い込んだ。「彼女が五百ドル渡したと、誰かが言ったのですか？」

「二、三日前、わたしは五百ドル札を二枚、自宅の隠し金庫に入れておいた。今朝、それが一枚だけになっていたんだ」

「お宅の執事が取った可能性は？　僕に言わせれば、あいつは目つきが怪しげで……」彼はタンクレッドが首を振ったので言葉を切り、話を変えた。「奥様がちょっと小銭を必要としたのかもしれませんよ」

「妻は自分の銀行口座を持っている。だが君はわたしの質問に答えていないね」

「どの質問です？」

「なぜ娘は昨夜、君に五百ドルを渡したんだ？」

「昨夜とおっしゃるのですね、昨日の朝でも今朝でもなく……」

「昨夜だ」

「わかりました」とジョニー。「では僕が昨夜、五百ドル札を受け取ったことをご存じなんですね？」

「そうだ」

「ランヤードからですか？」

タンクレッドは軽く肩をすくめた。「わたしが言えるのは、ミスター・ランヤードが今朝、わたしに会いに来たということまでだ」

「言い方を変えれば、彼があなたに教えたのを、誰にも言わないと約束したということですね？　あなたは秘密を漏らすのを拒んでいる。でも僕にはそうしろと言うんですか？」

タンクレッドは顔をしかめた。「ミスター・フレッチャー、そろそろお互いに、遠回しな言い方はやめようじゃないか。娘は昨日、湖に飛び込んだ。滑ったのでもなければ、事故で落ちたのでもない。あえて溺死しようとした。それを事実として受け止めよう。娘は深刻な問題を抱えていて、しばらくその状態だったのだ。助けてやりたい。問題の原因がわからなければ、助けようがないんだ」

「尋ねてみましたか?」

「もちろんだ。答えてくれなかった」彼の口調が皮肉っぽくなった。「なのに赤の他人は信じている」

ジョニーはすかさず言った。「時には赤の他人の方が、問題を打ち明けやすいものです」

タンクレッドは弱々しく微笑んだ。「そう考えたし、ロイスがあの金を君に渡したのは、君に助けてほしかったからだとも考えてみた」

「その通りです、ミスター・タンクレッド。いただいたお金は賄賂ではなく……恐喝でもない……」

「恐喝だって?」ジョニーはその手がかりに気づかないふりをし、タンクレッドは続けた。「昨日男が殺されたという事実も見逃していないぞ、ミスター・フレッチャー、ロイスが知っている男がな」

彼は深く息を吸い込んだ。「あの子はそれに関係しているのか?」

ジョニーはかぶりを振った。「わかりません。ミスター・タンクレッド。僕よりあなたの方が、お嬢さんについてよくご存じだ。殺人を犯すような娘さんだと思っているんですか?」

「我々は誰でも殺人を犯すだろうよ、そういう状況にあればな」それから急いで付け加えた。「だがロイスは、ウォルター・ペニーが殺されてからずっと機嫌がいい。彼の死にかかわっているなら、そんなにいい気分のはずがないだろう?」

「ペニーが生きている間に脅されていたことが、殺人より悪いことなら、いい気分になると思いますよ」

「いや、それは違うね。ペニーが生きている時に、ロイスは自殺しようとした」

ジョニーの目が曇った。「ペニーは午前八時頃に殺されました。あれは十時近くになっていた——

そう、僕が彼女の後から湖に飛び込んだ時は」

「つまりあの子がペニーを殺し、それから後悔——もしくは事の重大さに恐れをなして、自殺を図ったというのか?」

「そうは言っていません。そういうこともあり得るという話です。警察が飛びつきそうな見方ですね——もし自殺を図ったことを知っていれば」

「だが警察は知らないんだろう?」タンクレッドはジョニーを鋭く見据えた。「知っているのは我々だけだな?」

「それにミセス・タンクレッドと使用人たちです」

「彼らについては請け合う」

「ロイスについては? 誰かにしゃべるかもしれない」

「チャールズ・ランヤードか?」タンクレッドは首を振った。彼は指で机をコツコツ叩いた。「なぜロイスがあの金を渡したのか、話す気はないのかね?」

「彼女はある物を探すために僕を雇ったんです」

「何を?」

「それが、残念ながらお教えできないんです」

「ロイスは君に並々ならぬ信頼を置いているようだな。わたしがあの娘とそんなふうに分かち合いたいと思うような信頼を」タンクレッドはジョニーを鋭く見つめた。「その——何か——ロイスのために探すことになっている物――には何か手がかりはあるのかね？」

「手がかり以上ですよ、ミスター・タンクレッド。お嬢さんは間もなく、平常心を取り戻されることでしょう」

タンクレッドはジョニーを長いことじっと見つめた。それからうなずいた。「ありがとう。あと一つだけ。ロイスはチャールズ・ランヤードの家に今夜出かけるようだ。何かの、ええと、パーティーにな」

「闘鶏ですね」

タンクレッドは微笑んだ。「知っていたのか！」

「ええ、実を言えば、僕も行きます」

「いいね。君に――そこに出かけて、その、ロイスと――人々を見張ってほしいと、頼もうとしていたんだ。ランヤードはかなり忙しいだろうし……そう、ある人々も行くだろうから……」

「亡くなったペニーの事件とかかわりのある人々、という意味ですか？」

「そうだ」

「僕はお嬢さんのために働いています、ミスター・タンクレッド。彼女の興味は僕の興味です。彼女の幸福もね」

「よし、よし」タンクレッドは満足そうにうなずき、立ち上がって手を差し出した。「自分の投資案件に、とても満足しているよ」彼はジョニーのスーツを見ていた。

ジョニーはニヤリとした。「いい素材ですね」

彼は仲買人の事務所を出た。ラサール通りに向かう途中、しばしあてどなく立ち止まり、それからアダムズ通りへ歩いていった。東に曲がり、足早にステート通りへ向かいつつ、店のウィンドウを眺めながらも、探している目当てのものは見つけられずにいた。ステート通りで南に曲がり、ヴァン・ビューレン通りまで歩き、さらにその先へ進んだ。コングレス公園道路の近くで探していたもの、カメラ用品店が見つかった。

かなり小さな店で、その時客は一人もいなかった。無気力そうな顔つきの店員が、ショーケースにもたれかかっていた。

「いらっしゃいませ」彼は物憂げに言った。

ジョニーはポケットから小さな缶を取り出した。それを開けフィルムを出した。「この中の数枚をプリントするのに、早くていつ頃できるかな?」

「明日ですね」

ジョニーは首を振った。「何時間かかるか聞いたんじゃない――何分かかるかだ」

店員の物憂げな態度は消え去った。「はぁ?」

「ここに暗室はあるだろう?」

「ええ、こちらでプリントしております」

「よし、この中の数枚を急いでやるのにどのくらい――それといくらぐらいかかる?」

「今すぐは無理です。店番をしなければいけませんし」

「なぜだ?」

「おわかりでしょう、お客さん。どういうわけか、誰かがフィルムを持ち込んで現像を頼むかもしれないし、フィルムを買うかもしれませんから」

「売上が取れないわけか。時間分は払うと言っただろう」

「何枚必要なんですか？」

「ほんの五、六枚だ」

「ではそれに……五ドルいただけますか？」

「五ドル払おう」

店員はショーケースを回ってきて、「昼休憩中」と印刷してあるカードを取り上げた。彼はドアを施錠し、ウィンドウ内にそれを吊り下げた。

「見たいですか？」

「ああ」

写真屋は小さな暗室へ通じる通路を先導した。ほうろうの皿を三つ並べ、まん中の皿に水を満たし、それからパイレックスの計量器に三分の二まで水を入れ、四オンスのアセトールを加えた。その混合物を三つの皿の最初のものに入れ、計量器を洗い、その後定着液を注いだ。水を加えると、できたものを三つ目の皿に注ぎ込んだ。

そして黄色の灯りを点けて、通常の照明を消した。ジョニーのロールフィルムを取り上げて、プリントと引き延ばしの複合機へ滑り込ませ、スイッチを入れた。フィルムの下のライトが長方形を照らし出した。

「どれをプリントしたいですか？」写真屋は尋ねた。

ジョニーは彼の脇に寄っていき、フィルムを小さな穴から引っ張って、ロイス・タンクレッドの最初の写真が出てくるまで続けた。「これと、次の二枚だ」

写真屋は引出しからマニラ紙の封筒を取り出し、内側の封筒を出してその中から三・二五×四・五インチのサイズの印画紙を数枚取り出した。そのうちの一枚を、表を下にしてプリンターの一番上に置き、ふたを閉め五まで数えた。そしてふたを上げ、紙を取り出してアセトールのタンクに漬けた。

それには目もくれず、彼はプリンターまで戻り、次のパネルまでフィルムを滑らせ、二枚目の印画紙でさっきの行程を繰り返した。

彼はそれをアセトールに入れた。「見て」とジョニーに言った。

ジョニーがアセトールのタンクを覗き込むと、最初の写真が現れ始めていた。写真屋は三枚目の写真まで行き着いており、それからプラスチックのトングを取り上げてアセトールをかき混ぜた。最初の写真ははっきりしてきたが、二枚目は輪郭がぼんやりしていた。

写真屋は最初の写真をトングでつかみ、液の中でサッと振ってから取り上げ、水の中に落とした。少しの間バシャバシャ洗うと、水から取り上げて定着液の入った三番目のタンクに入れた。その頃には二枚目の写真も水に投入できる用意ができていた。ジョニーは定着液の中の最初の写真を確認した。ロイスの素晴らしい写真だった。見まごうことなく彼女であり、その後ろの建物も見間違えようがなかった。田舎風のコテージだった。

二枚目の写真も定着液に入れられ、ジョニーはそれを見て顔をしかめた。

写真屋は三枚目の写真まで仕上げると、それらを見下ろした。「いい写真だ」彼は言った。

「ああ」とジョニー。「もう一枚ずつやってくれるか?」

写真屋はうなずき、三分でそれらは定着液に入れられた。「一分もすればこの液で写真が定着します」彼は言った。「でも二十分洗わないといけないし、それから一、二時間乾燥させせないと」

「そんなに待てない。今やっているようにただ乾かすだけだと、写真を傷めるかな？　湿っていても構わないんだが」

「そうですね。乾いた時にすごく反り返るだろうし、黄色い染みがいくつかついてしまうかと思いますが、特段気にしないなら……」

「気にしないよ」

「わかりました。ではすぐに定着させます」

彼はプリントを定着液から取り出し、水の中で少しばかり洗うと、ローラーにかけて余分な水分を絞り出した。それから二枚のボール紙の間に挟み、それをジョニーに渡した。

「これで稼いでいるんです」彼は言った。「この作業なら通常の値段は三十六セントですね」

ジョニーはポケットから五ドル札を取り出した。「おれには十分この価値がある」

彼はプリンターからフィルムを取り戻し、暗室と店を後にした。通りに出るとハリソン通りまで歩き、路面電車に乗った。

第十七章

サムはコーコラン出版の事務所に入り、社長個人の事務室を目指した。しかしたどり着く前に、小部屋の一つから男が顔を突き出して「ちょっとお待ちを」と声をかけた。

「誰に会いに来られたんですか？」

「社長だよ」

「お名前は？」

「先日ここに来た者さ」

「ご用件は？」

「どういうつもりだ？」サムはうなった。「この間は君が、おれたちに入れと言ったんだぞ」

「ええ、でも新しい規則ができましてね。我々がご用件を伺うことになったんです」

サムはガラスの間仕切りを通して、ハワード・コーコランが席に座って雑誌を読んでいるのを見た。

「自分で伝えるよ」彼は言った。

彼はコーコランの事務室に向かって歩き出し、小部屋の男は飛び出してきて彼の腕をつかんだ。

「ちょっと君――」

彼にできたのはそこまでだった。サムは手を伸ばし、彼を軽く突いて自分の小部屋に叩きこんだ。

そしてコーコランの部屋のドアに近づいて開けた。

「やあ」彼は社長に挨拶した。

コーコランは雑誌を置いた。「何の用だ？」

「おれはサム・クラッグ。覚えてるかな？　ジョニー・フレッチャーのダチさ」

「覚えてるとも」コーコランは言った。「だがおまえと話し合うことなど、こっちにはないがね」

「ああ、話し合いたいわけじゃないんだ」とサム。「質問に答えてもらいたいだけさ。ウォルター・ペニーの夏のコテージはどこにある？」

コーコランはサムをにらみつけた。「出て行け」

「いいとも」サムは快諾した。「その質問に答えてくれたら、すぐ出て行くよ」

「出て行かないなら、放り出すまでだ」

サムは笑った。「冗談だろ」

コーコランは立ち上がろうと椅子を引き始めたが、急に考え直したようだった。彼はサムの筋肉を観察した。デスクに並んでいる真珠色のボタンに手を滑らせ、その一つを押した。

「冗談かどうか今にわかるさ」彼は厳めしい口調で言った
サム・クラッグの背後のドアが開き、外側の事務所で彼が小部屋に押し込んだ男が入ってきた。

「はい、ミスター・コーコラン」彼は言った。

「この男を事務所から追い出したいんだ」コーコランは従業員に告げた。「出て行かなければ放り出せ」

呼び出された男はサムを見て、それから上司を見た。「スタッフを呼びます」彼は言った。

「どうぞどうぞ」サムは勧めた。

男は後ずさりして声をかけた。「ハーヴィー！　アレックス！　グロヴナー！」

三人の男が小部屋から飛び出して、上司の事務室に集まった。戸口は彼らで塞がった。コーコランは自分の編集スタッフを見定めて、安心した。そして立ち上がった。「この男がわたしの事務室に押し入ってきたんだ」彼は告げた。「こいつはチンピラで殺人に関与しているかもしれない。どうしても出て行かなくて……」

「こいつを追い払えばいいんですか？」編集者の一人が尋ねた。

「力ずくで放り出せばいい」コーコランは断言した。

編集者たちは部屋に入ってきた。サムは後ろに下がった。「君たち」彼は言った。「人生最大の間違いを犯しているぞ。四人ともひどい目に……」

彼が手を突き出すと編集者の一人が吹っ飛び、仲間の編集者たちにぶつかって跳ね返った。彼らの重量がその編集者をサムの目の前に押し出した。彼はサムの腕をつかんで引っ張ろうとしたが、気づいたら投げ飛ばされていた。しかしその時、残りの三人が揃ってサムに飛びかかってきた。一人はサムにヘッドロックをかけてぴったりくっついたが、まるで灰色熊にしがみつく子犬のようだった。うっとうしかったが、特にサムを悩ませはしなかった。

もう一人の編集者は、サムのみぞおちあたりにタックルし、ひっくり返そうとした。三人目は空いた場所を探して素早く動いた。サムは体の真ん中あたりにタックルしてきた男をつかまえた。彼の肩をがっしりつかみ、いきなり下に押した。男のつかんでいた手は離れ、顔から床に叩きつけられた。痛みと驚きで彼は悲鳴を上げた。

三人目はそこでサムの胸を殴ったが、サムは無視した。彼はヘッドロックをかけてきた男に手を伸ばしてつかみ、肩越しに投げ飛ばして床に叩きつけた。

この間、出版社社長のコーコランは、激しい怒りとヒステリーのあまり、サムの後ろで地団駄を踏んでいた。彼は編集者たちに助言を叫んでいた。サムが彼の編集者たちの二人を床に転がした時、コーコランは自制心の最後のかけらまで失い、背もたれのついた椅子をつかむと、サムの頭に振り下ろした。

サムはその時、編集者の一人をかわしていたところで、上げていた腕で椅子の一部を受け止めたが、それでもその一撃は彼の腕を跳ね飛ばし、椅子は頭と肩を直撃した。サムは膝をつき、編集者たちが待ちに待ったチャンスが訪れた。四人全員がサムの上に乗っかり、一瞬後に雇い主のハワード・コーコランも加わった。

何人もの体重のせいでサムは床に倒れたが、そこから梃子（てこ）の作用を使って、雄叫びとともに身体を起こし、編集者たちをボウリングのピンのように周りに跳ね飛ばした。膝で立ち、編集者の一人を支えにして立ち上がった。

その男を殻竿のように使って、彼は振り回した。餌食となった男の空飛ぶ脚が、編集者の一人の顔を直撃し、彼は部屋の反対側まで回転しながら吹っ飛んで倒れ、床にできた小山と化した。彼は痙攣しうめいていた。

二番目の男はサムが振り回す男に腹を打たれ、突然床に座り込んで苦痛にあえいだ。三番目の編集者は急に怖気づいて叫び、四つん這いで事務室の外に逃げ出した。

コーコランはというと、べそをかき始め、サムから後ずさりして離れていき、頭を守るために両手を上げていた。うなり声を上げてサムはつかんでいた男をコーコランに向かって放り投げ、二人とも床に転がった。彼は後を追い、床の腕や脚を蹴散らしながらコーコランをつかまえた。一回小突いただけで彼を震え上がらせ、それから襟首をつかんで、テリアがネズミを振り回すようにブンブン振った。


ついに彼はコーコランを二フィート空中に持ち上げてから、回転椅子にドサッと投げ下ろした。

「さあ」サムは怒鳴った。「おれは礼儀にかなった質問をした。答えを聞かせろ」

「な、な、何が、し、知りたい？」コーコランは惨めな様子でどもりながらしゃべった。

「ウォルター・ペニーの夏のコテージの場所だよ！」

「モ、モノナ湖のそばだ、マ、マディソン、ウィスコンシン州の」コーコランは息をつまらせた。

サムは後ろに下がった。「なぜ最初からそう答えなかった？　ずいぶんトラブルを避けられたのに」

出版社社長はグッと息をのんだ。「イエス、サー」

サムは手をぬぐい、ズボンを上げた。部屋を見回し、編集者たちを、意識のある者もない者も見た。

「また運動したくなったら、いつでも呼んでくれよ」

そして出版社を出て行った。

階下に降りたサムはぶらぶらと二十八番通りに出て、北行きのバスを待つためバス停留所に陣取り、二、三分待ってまさに縁石からバスに乗り込もうとした時、たまたまコーコラン出版が入ったビルのドアを見た。

出版社社長ハワード・コーコランがドアから飛び出してきた。彼は歩道を走って横切り、道路脇に停めていた車に乗り込んだ。

「乗るのか？　乗らないのか？」バスの運転手がサムを問い詰めた。

サムは飛び乗り、バスは発車した。運転手は車線に入り込んできたコーコランの車を抜くため、通りの中央へ車線変更せざるを得なかった。

バスはコーコランの車を追い越し、サムは運転手の真後ろの席に座ったが、目は後ろに向けていた。

二十五番通りでコーコランはバスにクラクションを鳴らし、路肩に寄せて追い越そうとしたが、運転手は道路を目いっぱい使い、二十四番通りまではそのままの状態が続いた。しかしそこで歩道に寄って、乗客を降ろさなくてはならなかった。

サムはコーコランの車がバスを追い抜くのを見て、うめき声を上げた。バスは再び発進したが、その頃にはコーコランの水色のコンバーチブルは一ブロック先まで行っていた。

サムは前方に目を凝らし、二十二番通りの信号が赤に変わるのを見た。コーコランの車は止まり、バスはその脇に停車した。サムはあわててバスを降り、停留所の数ヤード手前のタクシースタンドに停まっていたタクシーに駆け寄った。

彼はドアを勢いよく開けると飛び乗った。「あの青いコンバーチブルを追ってくれ」と運転手に向かって叫んだ。

その男は嫌な顔をした。「先週同じことをして、鼻にパンチを食らったんだ」

「今度は行かないと鼻にパンチを食らうことになるぜ」サムは言い返した。

運転手はギアを入れ始めていたが、ギアのレバーをニュートラルに戻した。「もういい、タフガイ、そこまでだ。別の奴を雇うんだな」

前方で信号が青に変わった。サムはいてもたってもいられず言った。「あの車を追ったら十ドル弾むぞ！」

「さあ、そうなりゃ話は別だ」タクシー運転手は言った。セカンドにシフトし、エンジンをふかした。車は前方に跳ね、バスの周りを荒っぽく回り、二十二番通りに向かってまっしぐらに飛び出し、レキシントン・ホテルを通り過ぎた。

「どの青い車だ？」運転手は肩越しに尋ねた。

「あのコンバーチブルだ。屋根を上げている奴だ」サムは答えた。「だが追っていると気づかれるなよ」

「この交通量じゃ見失わないだけで御の字だ」

しかし彼はうまくやった。ヴァン・ビューレン通りでは信号につかまり、コーコランに先を行かれたが、アダムズ通りでコーコランは停止し、信号が再び青に変わるとタクシーは車線を縫って抜けた。マディソン通りでは警官の警笛を無視し、ランドルフ通りで青いコンバーチブルに追いついた。シカゴ川を渡るコーコランのバンパーに、ほとんど乗っかるくらいくっついていたが、その後また交通量がやや少なくなり、彼はコーコランとの車間を少し空けた。

シカゴ大通りの近くでタクシーは再び車間を詰めて内側のレーンに進んだが、それが正解だった。というのもまたも信号にあやうくつかまるところだったからだ。黄信号で発進し、コンバーチブルの後ろ、それから右側の外側車線に入り、ドレイク・ホテルを過ぎ、湖の正面を走った。

ノース大通りに近づくと、コーコランは右に車線変更し、タクシー運転手は両方の車をノース大通りへと導く立体交差路に入る準備をしたが、ノース大通りからロイス・タンクレッドの家までは二ブロックの距離だった。一瞬、そこがコーコランの目的地なのかとサムは思ったが、車はノース大通りをそのまま西へ進み、クラーク通りを渡り、ウェルズ通り、セジウィック通りを通過して、ララビー通りまでノース大通りを突っ走った。そこでコーコランは北に曲がったが、一ブロック行っただけでウィロー通りへと左折した。

彼はウィロー通りを進んでホールステッド通りを渡り、短い一、二ブロックの後でスピードを落とし始めた。急に彼は路肩に停めた。

「奴を追い越してくれ」サムはタクシー運転手に叫んだ。

「了解」と運転手は返事をした。「おれは名人だぜ」彼はもう一ブロック進み、角をスレスレで曲がると横滑りして停車した。「奴はボウリング場に入っていったよ」彼はサムに、バックミラーを見て探り出した情報を伝えた。

サムはタクシーを出て角まで数歩小走りに行き、後方を覗いた。コンバーチブルが隣の角に停まっているのを見て、彼は運転手のところへ戻り、十ドルを渡すと、残りは十ドル、五ドルと一ドル二枚だとわかった。

「よし、君の取り分だ」

「ものは相談だが」と運転手が持ちかけた。「おれはここでちょっと待ってから、戻ってボウリング場の入口の向かい側に停めておく。急におれが必要になった時、奴が西に向かったらUターンできる。東向きに停めていれば誰も怪しまない」

「三十分待てるか?」

「もちろんさ。この近くで乗客を拾える望みは薄いし、空車のまま南側に戻るのだけは嫌だからな」

「それならよし」サムは運転手にうなずき、角まで歩き、ウィロー通りを東へ進んだ。隣の角にさしかかった時、コーコランが入ったビルのドア上に、「トニーズ・アリーズ」というネオンサインがあるのが見えた。

彼は道を渡り、ガラスのドアへ通じる階段を上ったが、内側からカーテンが掛かっており、中を見ることはできなかった。肩をすくめて中に入ると、食堂とプールバーを合わせたような店だということがわかった。部屋にはかなり大きなバーと、ビリヤード台が三つあった。奥にはボウリング場に通じる大きなドアがあった。

サムはプール室とバーをすばやく見渡したが、コーコランは見当たらなかった。彼はバーへ向かい、真鍮のレールに足を乗せ、「ボイラーメイカーズ・ヘルパー（ボイラーメイカーはビールで割ったウィスキー、またはビールをチェイサーにしたウィスキー）」とバーテンダーに注文した。

ビールをたっぷり吸い込んだ布切れでマホガニーをこすっていた男は、サムに向かってしかめ面をした。「ビールのことならそう言いな。ここはもぐり酒場じゃねえ」

「違うのか?」

「バカにしてるのか、ええ?」

「いやいや、喉が渇いていただけさ」

バーテンダーはビールのジョッキを取り出し、泡を吹き飛ばし、バーの上にビールを置いた。サムは十セント硬貨を置き、バーテンダーが手を伸ばした時、再びビールに息を吹きかけ、ビールグラスの半分を吹き飛ばし、バーテンダーの拳をビショビショにした。

彼は残ったビールをガブッと飲み、グラスを持ってボウリング場へつながるドアへ歩いて行った。ボウリング場には六人ほどの男たちがおり、そのうち二人はレーンの一つでボウリングをして、残りはただぶらぶらしていた。しかしコーコランの姿はなかった。

「しまった!」彼は叫んだ。

彼はあわててバールームに戻り、窓辺に駆け寄った。爪先立って窓の下半分を覆っているカーテンの上から、外を覗いた。

コーコランの青いコンバーチブルはまだ道路脇に停まっており、通りの向こうにはタクシーが逆方向を向いて止まっていた。幾分安心しながらも当惑して、サムはバーに戻った。

「外の青い車の持ち主はどこへ行った?」彼はバーテンダーに尋ねた。

「どの青い車だって?」

「すぐ外にある奴だ」

「外に車があるのか?」

「そうとも、あるんだよ。数分前に男が入って来ただろう。どこにいる?」

「十分以内にここに入って来たのは、あんただけだ」バーテンダーは言い返した。

サムはグラスを叩きつけようとしたが考え直し、中身を飲み干した。そしてグラスを置き、再度ボウリング場へ行った。今回はずっと内側に沿って、注意深く見ていった。

それからバールームに戻り、細かく調べた。

「コーコランって奴がここに来た」サムは凄みを利かせてバーテンダーに言った。「奴の車は外に停まっているが、コーコランの姿は見当たらない……」彼は言葉を切った。というのもバーの向こう側、部屋の前方近くにあるドアに気づいたからだ。そこは一部がカーテンに隠れており、だからそれまで気づかなかったのだ。

サムはバーの端に向かった。角を回ってドアに手が届くかという時、バーテンダーが木槌を手にして突進してきた。

「そのドアから離れろ」バーテンダーは怒鳴った。

「わかったよ」とサム。「そう言うなら」

彼は左手でバーテンダーにフェイントを掛け、男はそちらに木槌を振り回した。サムはただ軽く方向転換し、右手でバーテンダーの側頭部に張り手をお見舞いした。男は側方宙返りをして、バーの後ろの床にぶっ倒れた。

サムはドアへ戻って開けた。部屋の中へと踏み出した。

コーコランが部屋にいるのかと思いきや、彼が見たのは、ベイカー・ヒルでサムとジョニーから逃げ出した悪党、シムだった。

男はサム以上に仰天していた。ロールトップデスクのそばの回転椅子に座っていたが、驚きのあまり突然立ち上がったので、回転椅子を後ろにひっくり返した。

「ちくしょう！」シムは叫んだ。

それから我に返り、ロールトップデスクの引出しへ突進した。サムは猛然と部屋を横切り、引出しがまさに開こうとするところを蹴って閉めた。シムは怒声を上げ、サム・クラッグを殴った。

拳はサムの顔面に命中し、サムは後ろへ下がりながらクックッと笑った。「ようよう、兄弟！」

そうして彼はシムの方に手を伸ばした。シムは再び彼の右側、さらには左側を殴った。拳はサムのあごとあご先で弾き返され……そして彼はシムをつかまえた。

彼は左手でシムを押さえ、右手で一度だけ素早いチョップを食らわせた。シムは押さえていた手の中でグニャッと萎えた。サムはひっくり返った椅子越しに、彼を後ろに投げ飛ばした。シムは顔から転がり、うめき声を上げて起き上がろうとした。それが叶わず、再びうつ伏せに倒れた。サムは靴の爪先で彼をつついてから背を向けた。小さな事務室の突き当たりにドアがあった。サムが近づいて開けると、細い廊下と奥にもう一つドアがあり、外の通りに開かれているのが見えた。

彼は大股でそちらへ進み、勢いよくドアを開け歩道に出たが……コーコランの車はなくなっていた。バーテンダーと言い争っていた間、コーコランはバーの後ろの事務室にいたのである。そしてシムと仕事上の取引を行い、サムが入ってくる直前に横のドアから出て、サムがシムと戦っている隙に、とっとと逃げ出したというわけだ。

サムは悪態をつき、通りを渡った。タクシーはすでにエンジンを掛け、サムが飛び乗ると大声を上げた。「奴は西へまっすぐ、クライボーン大通り方面へ行ったぞ。しっかりつかまってろよ！」

彼はギアを入れ、鋭いUターンをして、反対側の縁石をなんとか避け、車を二、三ブロック先のクライボーン大通りに疾走させた。斜め方向の幹線道にたどり着くと右に曲がった。サムは座席の端に腰掛けて前方をくまなく見たが、青い車の影も見えなかった。

「逃げられたか！」彼は嘆いた。

タクシー運転手は頭を振り、厳しい表情で背を丸めてハンドルを握り、自分のタクシーを最大限に駆使した。轟音を上げてアーミテージ通りまで走り、滑らせて止まり、通りの真ん中に出ると左右両側を見渡した。そしてついに敗北を認めた。

「見当たらない」彼は言った。「どこにでも行けただろう」

「東を当たってくれ」サムは助言した。

タクシーはアーミテージ通りを東へ、安全なスピードで走り、ホールステッド通り、ララビー通りへ渡り、ついにクラーク通りとリンカーン・パークにたどり着いたが、コンバーチブルの青い車を追い越したことは一度もなかった。

サムは重いため息をついた。「精いっぱいやってくれたよ、相棒」彼は言った。「おれのせいだ。あそこで二人ほどやっつけないといけなかったんだ」

「さて、どこに行く?」

「イーグル・ホテルだ、マディソン通りの」

第十八章

ジョニー・フレッチャーは公会堂近くで路面電車を降り、入口に行くのに無意識にドアの方へ向かっていた。そこでハッと気づいて切符売場へ戻り、五十五セントで切符を買った。それを切符係に渡すと、係は鋭い目で彼を見つめ、ジョニーが公会堂に入ってからも後ろ姿を目で追っていた。

彼は中央の通りから歩き始めたが、五十フィートも行かないうちに、鶏小屋の列を回ってやって来た小男とぶつかりそうになった。鶏の展示会の事務局長、ジェローム・サマーズだった。彼は立ち止まって驚愕の眼差しでジョニーを見た。

「刑務所に入れられたと思っていたのに！」

「悪意のある噂だね」ジョニーは尊大な態度で返した。「おれの敵どもが流したんだろう」彼は広大な部屋を見回した。「今日は誰が来ている？」

サマーズは不機嫌そうに彼をじろじろ見た。「本は売らないだろうな」

「本だって？　誰が本なんて売るんだ？」

「この間おまえがここでやったことだぞ」

「表向きの姿さ」ジョニーは言った。「秘密調査の仕事のための」鶏小屋越しに、彼はたまたまよく知った顔、ドクター・ホイーラーを見かけた。「ああ、鶏のことで会いたかった人がいる」彼は急にサマーズのそばを離れ、鶏小屋を回って隣の通路にいるドクター・ホイーラーに接近した。ドクターは大型の闘鶏が入った鶏小屋の列を見渡していた。金網に付けられた札には、それらがホワイトハックル種だと書かれていた。

「ご機嫌いかがです、ドクター?」ジョニーは外科医に挨拶した。

ドクター・ホイーラーはうなり声を上げた。「フレッチャー、君か?」

「そう、フレッチャーですよ。そちらの鶏たちは立派ですね。そのうちのどれかと今夜闘うんですか?」

ドクター・ホイーラーは彼をジロリと見た。「何だって?」

「今夜の闘鶏ですよ。チャーリー・ランヤードの屋敷での」

「何の話かわからんね」ドクターは冷たく言った。

ジョニーは片目をつぶってウィンクした。「大丈夫ですよ、ドクター、僕も行くんですから」

ドクター・ホイーラーは顔をしかめた。「君はいったい誰で――何者なんだ、フレッチャー? 昨日の晩、地方検事代理の事務所での振舞いを見ても、君の正体がわからなかった。それからハワード・コーコランから聞いた君の話も……」

「ああ、そうそうコークね。彼はどうしてます?」

「元気だよ、わたしが知る限り。君はここで何をしているんだ?」

「ええと、鶏を崇拝しているんですよ」ジョニーは答えた。「僕は鶏が好きなんです、特に闘鶏がね」

ドクター・ホイーラーはしばしジョニーを見つめ、それから数歩離れて、鶏小屋の中の闘鶏を指さした。

「この鶏のどこがダメだと思う?」彼は尋ねた。

ジョニーは近づいて闘鶏を見た。札によるとその鶏はミシガン州ベントン・ハーバーのチャールズ・ハーティガンという男が出品しているとわかった。鶏小屋にはリボンはついていなかった。彼はその家禽を物知り顔で見て唇を引き締め、眉を思いきりひそめた。「優雅な鶏に見えますが」彼は意見を述べた。

「脚についてはどうだね?」ドクター・ホイーラーは問いただした。

ジョニーはしゃがんで雄鶏の脚をつぶさに調べた。巨大な蹴爪を除けば、脚は優れた状態にあるように見えた。「つまり蹴爪が、その……長すぎると?」

ドクター・ホイーラーは彼に軽蔑の眼差しを向け、ジョニーは答えが不正解だったことを知った。ドクターは鶏小屋の札を指さした。「この鶏は受賞できなかった。さあ、脚を再度見てごらん、何がわかる?」

ジョニーは間抜けなニヤニヤ笑いを浮かべた。「何も」

ドクター・ホイーラーは鼻を鳴らした。「スタブはどうだ——羽根の生え際は?」

「ああ、そこですか」とジョニー。「他のことをおっしゃっているのかと思って」

「他のことを言うはずがないだろう? スタブが鶏を台無しにするんだ。君は闘鶏のことを何一つわかっちゃいない——鶏全般についてもだ」

「鶏が闘う時はわかりますよ」ジョニーはブツブツ言った。「それにあなたのホワイトハックルたちが今夜、こてんぱんにやられるだろうとも思っています」

「誰がそんなことを?」ドクター・ホイーラーは鼻であしらった。

「僕はそう言えるだけの金を持ってる」

「じゃ、賭けるんだな」ドクター・ホイーラーは言い返し、踵を返すと立ち去った。

ジョニー・フレッチャーはそっと口笛を吹いた。そして別の通路で帽子を見かけると、そちらへ急いだ。その帽子をかぶっていたのはロイス・タンクレッドで、チャールズ・ホイットニー・ランヤードのジャングル・ショール種をぼんやりと眺めていた。

ジョニーを見ると彼女の顔は、急に熱を帯びて輝いた。

「ジョニー・フレッチャー！」彼女は叫んだ。

「探していたんだ」ジョニーは言った。「お宅に電話したけど、あの横柄な執事に留守だと言われてね」彼はあたりを見回した。「ランヤードは？」

「ついさっきまでここにいたの。養鶏業者たちと話があって、行ってしまったわ――」彼女はふいに顔をしかめた。「行ってくれた……？ペニーのところへ」

「ああ、実を言うとちょっとした冒険もしてきたんだ。でもその話は興味ないだろうね」

「ええ」

ジョニーは言った。「ペニーの家を探ってみた。でも手紙の類いは見つからなかった。君が関心を持ちそうなものはね」

彼女の顔には失望の色が浮かんだ。「必ずしも手紙ってわけじゃなかったの。わかってくれるとばかり……」

ジョニーはコートのポケットから二枚のボール紙を取り出した。そのうちの一枚を持ち上げ、公会堂に来る直前に作ったプリントをするりと出した。「頭にあったのはこういう写真かい？」彼は優しく尋ねた。

ロイスは彼の手から写真を引ったくり、さっと目を通した。「ええそうよ」彼女は言った。「こういうのが……」そしてうつむいた。「でもこれじゃダメだわ——フィルムがないと」

ジョニーはポケットに手を入れ——そのままにしていた。その動作をしながら顔の向きを少し変えた時、隣の通路の向かい側にいる誰かの姿を、鶏小屋の金網越しにちらっと見かけたのだ。それはオットー・ベンダーで、しゃがみこんで金網越しにジョニーとロイス・タンクレッドを覗いていた。

「ベンダー！」ジョニーは叫んだ。

ベンダーは身を起こし、ばつが悪そうにニヤニヤしていた。「やあ」彼はぎこちなく言った。

「人を嗅ぎ回るのも、おまえの得意分野か？」ジョニーは怒って問いただした。

「いや別に」とベンダー。「ただおまえを見かけて、その——話したかったのさ」

「話せよ」

「おまえの手が空くまで待った方がいいかと思ったのさ」ベンダーは言った。「そういう——事情なら」

ジョニーはロイスの肩越しに、チャールズ・ホイットニー・ランヤードが角を曲がって、自分たちの方へずんずん迫ってくるのを見た。彼は手を伸ばして、彼女の手から写真を奪い取った。彼女は奪い返そうとしたが、ジョニーは大声で言った。「こんにちは、ミスター・ランヤード」

ロイスは振り向いた。必死に自分を取り戻し、無理して弱々しい笑みを浮かべた。「終わったの、チャールズ？」

ランヤードはうなずいたが、目はジョニーに向けられていた。「ここで何をしている、フレッチャー?」

「信じてもらえるかどうか」とジョニー。「鶏を見に来たんだ。おまけに入場料まで払ってね」彼は手の中の写真をボール紙で隠していたが、ランヤードはその包みに目を留めた。

「その写真は見たことがあるかな?」

「これは何でもないんだ」ジョニーは言った。

「見ても構わないか?」

「そうだね」とジョニー。

ランヤードは写真に手を伸ばそうとしたが、ジョニーは引っ込めた。ランヤードは言った。「ミス・タンクレッドには見せていただろう」

「ああ、でも君には面白くないよ。これは——」ジョニーはゴクリと唾を飲み込んだ。「ただの赤ん坊の頃の僕の写真なんだ」彼は虚ろな笑い声を上げた。「バカげたものさ」

「それでも見てみたいね」ランヤードは言い張った。

ジョニーは写真をポケットにしまった。「ダメだ」

「僕の婚約者に見せるのは、バカげているとは思わなかったのか」

「それはまた別さ。女性だからね」

ランヤードの顔はこわばった。「フレッチャー、ちょっと忠告しておこう……」

ロイスはランヤードの腕を取った。「もう忘れて」彼女は言った。「写真は何でもないのよ」

「忠告は」ランヤードは冷たく言った。「ミス・タンクレッドを悩ませるのはやめろ、ということだ」

「悩ませてなんかいないわ」ロイスは急いで言った。

「奴に君の周りをうろつかれたくないんだよ」

鶏小屋の反対側からオットー・ベンダーが、聞かれてもいない意見をねじ込んできた。「だから言ったろ、フレッチャー？　こいつは百万長者だから、おまえやおれみたいな庶民に、周りをうろついてほしくないのさ」

ランヤードはさっと向きを変えて、ベンダーに噛みついた。「君については——この床屋の……」

「おれはおまえと同じくらい善人だぞ」ベンダーは言い返した。「床屋だろうと、そうでなかろうと。もっと言えば、おれは世界中のどんな鶏でも負かす雄鶏を持っていて、そいつを応援するためなら、金に——」

「糸目はつけない！」ジョニーはうめいた。彼はうんざりして手を上に放り上げ、大股でその場を離れた。中央の通路を通り過ぎ、はるか向こうの壁まで続く商業展示場まで来た。

売り場の外に立つ旧友のチキン・クーリーを見つけて、彼は顔をしかめた。

「鶏を何羽かいかがですか、お客さん？」クーリーは嫌味っぽく聞いてきた。

「少しばかりね」ジョニーは答えた。「ほんの数千羽、レイク・フォレストのおれの土地に」

チキン・クーリーは騒々しいしゃがれ声を出した。「おまえとあの雄牛、賭けてもいいが、二人して今十ドルも持っちゃいないね」

「おまえの負けだ」ジョニーは言って、まだ四百ドル以上残っている札束を取り出した。「それで、おまえの商売はどうなんだ？」

チキン・クーリーは札束をまじまじと見つめた。「商売は順調さ」彼は憤然と言い返した。「少なくとも昨日はな。野次馬どもが殺人現場を見に押し寄せた。今日もここで別の奴を殺してきたらどうだ？　おれたちがもう少し稼げるようにな」

「それじゃ、おれが養鶏業者を殺したと思っているのか？」

「昨日の夜、警察が下町でおまえたちを捕まえたそうじゃないか？」

「奴らはおまえだって捕まえるかもしれないぜ」ジョニーはチキン・クーリーの売り場のカウンターを叩いたが、その時突然、薄い雑誌が少し積まれているのに気づいた。一冊を手に取った。「『闘鶏場と闘鶏』――いつからこいつを扱うようになったんだ？」

「数日前からさ。この雑誌の出版者が、試しに置いてくれと言ってきたんだ。うちで扱っている他の雑誌と一緒に。粗悪な雑誌だな。まだ一件の購読予約しか取れてないよ」

「この出版者を知ってるよ」とジョニー。「ハワード・コーコラン。数日前にここに来たって？　昨日もここにいたのか？」

「ああ、もちろん」

「何時だ？」

「おれが九時に開店した時にはいたね。なぜだ？」

「いや別に」ジョニーはチキン・クーリーに敬礼めいた挨拶をして、通路を当てもなく歩き回った。

チキン・クーリーの売り場から五十フィート離れたところに、鶏小屋の列があり、その下でウォルター・ペニーの遺体は発見された。ジョニーは何気なくあたりを探し回り、それから膝をついて、鶏小屋が置かれている架台を覆った万国旗を持ち上げた。

彼がその下に頭を突っ込むと、二、三フィート向こうに不自然な黒っぽい染みがあるのが見えた。彼は移動して、その染みに触ってみた。乾いていたが、ややネバネバしていた。作業員が洗ったのだが、仕事ぶりはまずかった。

彼が頭と両肩を鶏小屋の下に潜らせ、尻を通路に突き出すという格好でいたところ、誰かがやって来て、いかにも蹴ってくれと言わんばかりの身体の一部を蹴り上げた。

ジョニーは悲鳴を上げ、頭上の板に頭をぶつけた。そして通路まで蟹のように後方へ這い出し、見上げると警察のマクネリー警部補の怒った顔があった。

「何を捜しているんだ?」マクネリーは嚙みついた。

ジョニーは立ち上がって膝をはたいた。「別に何も」と答えた。

「何もだと、素人探偵め。手がかりを探していたんだろう」

「それが法に触れるとでも?」

「ああ、前に警告したぞ。警察の仕事を妨害している」

「この鶏小屋の下を見ることが、警察への妨害だっていうのか?」

「あちこち行っては参考人たちに質問して混乱させ、ありのままの話を引き出せなくなっているのが、警察への業務妨害だと言っているんだ。手を引けと言ったし、本気だからな」

「こっちだって昨夜言ったことは本気だぞ」ジョニーは言い返した。「おれは市民で納税者で……」

「今年いくら税金を納めた?」マクネリーは罵った。「一セントもないだろう」

「それでもおれは市民だ。そんなふうに見下すことはできないぞ」

マクネリーは突然、ジョニーのコートの前をぐっとつかむと、鶏小屋に背中をたたきつけた。「もうおまえのへらず口はたくさんだ、フレッチャー!」彼は叫んだ。

ジョニーは警部補につかまれたところを振りほどいた。「また触ったな」彼は怒り狂った。「金輪際、誰にも触るんじゃないぞ」

　警部補の目は危険な光を帯びた。「口だけは勇ましいな、フレッチャー」

「口に劣らず戦えるさ。そう思ってないなら、その錫のバッジを外せ」

「そうすることになるかもな」とマクネリー。「だが今じゃない」彼はくるりと向きを変えると立ち去った。ジョニーはその後ろ姿をにらみつけ、オットー・ベンダーが鶏小屋の列を回って近づいて来た時も、まだそこに立っていた。

「話は全部聞いたよ」ベンダーは言った。「あのデカを本当に怒鳴りつけていたな」

「あの世界一の間抜けにバッジを与えたら、錫の神にでもなったつもりだ」まだ怒りが収まらないまま、ジョニーはガミガミ言った。「あのマクネリーには最初から、イライラさせられた。ウォルター・ペニーの殺人について、あいつはこの鶏たちよりわかっちゃいないよ」

「まあ、ペニーの死については、誰一人わかっていないようだがね」とベンダー。

「殺人犯はすべてわかってるさ」ジョニーは言った。「そしてマクネリーより先に、おれが犯人を見つける方に賭けたっていい」

「その賭けは喜んで受けて立つよ」とベンダー。「だが金を受け取れるほど、ここには長くいられない。明日故郷に発つからな」彼はためらった。「札束とともに、だといいが。おれたちの取引はまだ生きているだろう?」

「どの取引だ?」

「おれの鶏を闘わせるようランヤードを説得すると約束したぞ」

「ついさっき、奴にあんな口を利いておいて?」

ベンダーは渋い顔をした。「それでどれほど違いがある？　その考え自体、奴を怒らせるだろう？」

「でも屋敷からおれたちを放り出すほどじゃない」

「もう五時近い」ベンダーは言った。「そろそろ出発した方がよくないか？」

「おまえの雄鶏はどこだ？」

ベンダーは少し離れたところまで歩き、鶏小屋の下の万国旗を持ち上げ、大きな箱を引っ張り出した。それは丈夫なひもで縛られ、多くの空気穴が開けられていた。

「リトル・ジョーは準備万端さ」彼は告げた。

「ホテルでサム・クラッグを拾わないと」ジョニーは言った。

「わかった。タクシーで行こう」

「五分後に入口で会おう」

「なぜ今行かないんだ？」

「ちょっとロイス・タンクレッドに会いたくてね」

ベンダーはうなった。「ずいぶん彼女には優しいじゃないか？」

「可愛い娘なら誰にでも優しいのさ」彼はベンダーにウィンクして、大股で歩み去った。しかし五分間公会堂を探し回ったものの、ロイス・タンクレッドもチャールズ・ホイットニー・ランヤードも見つからなかった。ついに入口へ向かい、近づいたところで、ベンダーが管理人室から出てきた。

「彼女はランヤードと十分前に出て行ったってよ」床屋はジョニーに告げた。「そしてどうなったと思う？　サマーズも今夜闘鶏に出かけるんだとさ」

「猫も杓子もだな」ジョニーは皮肉っぽく言った。「だが誰も闘鶏のことなど知っちゃいないんだ」

第十九章

外で二人はタクシーに乗り込み、ベンダーはジャングル・ショールの入った箱を膝に載せて座った。時折彼はコッコッと音を立て、中にいる鶏は獰猛なカッカッという声で応えていた。

「いい子だ、おお、いい子だ」ベンダーはクスクス笑った。「こいつは気力十分で、アンフェタミンを与える必要はないくらいだ」

「雄鶏に薬を与えているのか?」ジョニーは語気鋭く尋ねた。

「ちょっとした吸入薬を与えているだけさ」ベンダーは涼しい顔で認めた。「皆やってることだ。誰も認めないがな」

「勝負の前に鶏の検査はしないのか?」

「唾液検査をやるっていうのか? 競馬のことを考えているんだろう。これは闘鶏だぞ、旦那。雄鶏がちょっとばかりアンフェタミンを吸ったかどうか、どうやったら見分けられる?」

「わからないよ」ジョニーは言った。「でもこういう薬物問題は気に食わないな。薬で興奮させるやり方を考えついた奴がいるはずだ。例えば医者などが」

「ドクター・ホイーラーのことを考えているのか?」ベンダーは首を振った。「彼はランヤードと同じくお偉方だからおれは嫌いだが、悪い噂は聞いたことがない。彼はこの国の誰よりも正直に、自分の鶏たちを闘わせているよ。それに自分の闘鶏たちをよく知っていると評判だ。しばらく前に大きな闘鶏場でランヤードに勝っている」

「今夜ランヤードを負かすと思うか?」

ベンダーは眉根を寄せた。「おれはジャングル・ショール専門だ。世界最強の鶏だと思うし、ランヤードは手持ちの最強の鶏たちを集めてくるだろう――たぶんこの勝負のために、さらに特別な鶏を何羽か買ったかもしれない。ウィルキンスンという国内最高のトレーナーまで雇っているんだ。それでもドクはおそろしく強くて、この四年間ほとんど負けていない。今夜の本命だな」

「つまり彼が勝つと思ってるんだな」

「おれがジャングル・ショール専門でなければ、ドクの鶏に賭けるよ」

「鶏の展示会で出た話はそれだけか?」

ベンダーはうなずいた。「連中は二対一でドクが勝つ方に賭けている」彼はためらった。「昨夜のことをずっと考えていたんだが、ドクと雑誌屋のコーコランが一緒にいるところに出くわしたことをさ。奴は今夜の審判だからな」

ジョニーは目を細めた。彼はふいにタクシーの外に目をやり、ちょうどアダムズ通りを渡ったのに気づいた。「運ちゃん」彼は呼びかけた。「次の角で停まってくれ」そしてベンダーに言った。「おれはパーマー・ハウスに立ち寄って、人に会う用がある。おまえはこのままホテルに行って、サム・クラッグにおれが十五分か二十分で戻ると伝えてくれ。それから軽く飯を済ませて、六時半あたりの電車に乗ろう」

ベンダーはうなずいたが、その目元は思惑ありげにゆがんでいた。

タクシーはモンロー通りとウォバシュ通りの角に停車し、ジョニーは飛び出した。車の間を渡り、ウォバシュ通り側の入口からパーマー・ハウスに素早く入った。

彼はロビー階に上っていき、公衆電話のボックスを探した。その一つに入り、投入口に硬貨を入れ、イーグル・ホテルにかけた。

「四〇四号室につないでくれ」交換手に告げた。

すぐにサム・クラッグの声が応えた。「サム・クラッグだ。ジョニー・フレッチャーは今いない」

「ジョニーだ。サム、よく聞け。オットー・ベンダーがあと数分で部屋に入ってくる。おれが電話したことは内緒だ。それと後生だから今朝おれたちがやったことは、絶対言うなよ。フィルムについても一切ダメだ、わかったか?」

「ああ、もちろんさ、ジョニー。しゃべらないよ、だが聞いてくれ、話があるんだ」

「今は時間がない、サム……」

「でも重要なんだ。ハワード・コーコランのことで……」

「答えを聞いたのか? そのまま覚えておいてくれ」

「そのことじゃない。奴が事務所を出たからおれはノースサイドまで追っていった。そこでシムに会っていたんだ。ペニーの家でおまえをさんざんひっぱたいた野郎だよ」

ジョニーは叫んだ。「わかった、サム。だがそのこともしゃべるなよ。ベンダーにも他の誰にも。じゃあな!」ジョニーはいきなり電話を切った。そしてボックスの中で座って電話をにらみつけた。

少ししてからドアを開け、ロビーを抜けて、ずらりと並んだ会計係のところへ行った。二人の客が支払いを済ませるのを並んで待ち、五ドル分を二十五セントに崩した。

硬貨を持って電話ボックスに戻り、その一つに入って交換手にかけた。「アイオワ州ウェイヴァリーにかけたいんだ」と電話口で言った。「保安官事務所に」

「少々お待ちください」交換手は言った。「七十五セントをお入れください」

ジョニーは二十五セントを三枚、投入口に放り込み、少しの間ブーンという音が耳に鳴り響いた。それが消えるとしゃがれ声が聞こえてきた。「保安官だ」

「こちらはシカゴ警察署だ」ジョニーは言った。「そちらの街に住んでいる男について、所定の確認をさせてもらいたいんだが……」

「いいとも、誰のことだ？」

「オットー・ベンダーという男で、床屋だと言っている」

「そう言うだろうね。実際そうだから」というのが素っ気ない返事だった。「それと、そちらの部署は連携した方がいい。なんとかいう男が今朝、彼について問い合わせてきた」

「ああ、マクネリー警部補か」

「マクネリーかマクナリーか、そいつにすべての内部情報は渡したぞ」

「それは何だったんだ？」

「マクナリーに聞けばいいじゃないか？」

「そうしたかった」とジョニー。「だが実を言うと、マクネリー警部補は今日の午後、職務怠慢で警察を停職処分にされてしまったんだ。当然のことながら、今はとても協力的とは言えない雰囲気で……」

「そりゃびっくりだ」アイオワ州ウェイヴァリーの保安官は大声を上げた。「つまり警察をクビになったってことか？」

「その通り」

「驚いたな。すごく頭が切れる男のようだったが」

「少しばかり頭が切れすぎたんだな。さて差し支えなければ、ベンダーについて……」

「彼の何を知りたい？」

「どのくらいウェイヴァリーに住んでいるんだ？」

「生まれも育ちもここさ」

「ああ」ジョニーは少々面食らった。「では奴の経済状態を教えてもらえるか？　稼ぎはいいのか？」

「そのはずだ。椅子が三つある店を持っているし、土曜にはえらく混んでいて、髪を切るのに二時間も待たされるんだ」

「それは結構」とジョニー。「それから聞きたいのは、奴が——その、闘鶏を育てているということだが」

「きれいな鶏たちさ」保安官は熱を込めて答えた。「国中で賞を取っているんだ。素晴らしい農場も持ってる。オットーはこのあたりの名士で、君たちは何か勘違いしてるよ——」

交換手が割り込んできた。「三分間が終了します」

ジョニーは二十五セントを投入口に叩き込んだ。「ベンダーが地下室でやっているゲームについては、何か知ってるか？」

「ゲームだって？」保安官の声が大きくなった。「何のゲームだ？」

「ポーカーやサイコロのゲームだ」

「バカを言うな！」保安官は怒鳴った。「オットーは地下室で絶対そんなことはしていない。おれが許さない」

「いや、たぶん君の知らないところで、やってるんだろう」

「この町で、おれの知らないところで起こることなどない。おれは保安官で、何が起きているか知るのが仕事だ」

「わかった」ジョニーは言った。「では地下室で、クラップスをやってはいないということか」

交換手がまた割り込んできた。「二十五セントをもう一枚入れてください」

ジョニーは代わりに電話を切った。それから小銭を探し回り、五セントを見つけた。投入口に入れ、タンクレッド邸にかけた。

癪に障る執事がまた出てきた。「ミスター・タンクレッド宅でございます」

「ミスター・タンクレッドを」ジョニーは言った。

「どちら様でしょうか？」

「フレッチャーだ」

「ああ、はい」執事の声が答えた。「あいにくミスター・タンクレッドはご不在です。クラブにお出かけです」

尋ねてもいない情報にジョニーは驚いた。「ではミス・タンクレッドは？」

「ミス・タンクレッドは外でお食事です。おそらくミスター・ランヤードとご一緒かと」

誰かが執事に話をしたのだ。ジョニーはもう一度試してみた。「そうだな、ミセス・タンクレッドは？」

「……ご自分のスイートルームで、シェリーを召し上がっています」かすかなしゃっくりが聞こえた。「そしてわたしも執事の食品貯蔵室で、同じことをしています」

ジョニーはクスクス笑って電話を切った。そして電話ボックスを出てモンロー通りまでロビーを抜け、急いでホテルを出た。一ブロック先のマディソン通りへ足早に歩き、西へ曲がった。

五分後、彼はイーグル・ホテルに入り、エレベーターで四階まで上がった。四〇四号室のドアまで忍び足で行くと、耳を当てた。サム・クラッグのブツブツ言う声と、それにオットー・ベンダーが大げさに答えるのが聞こえてきた。

そっと彼は四〇六号室のドアまで行き、ノブを試してみた。それは手の中で回り、彼は部屋に入った。灯りは点いており、ベッドの上にはオットー・ベンダーご自慢の鶏、リトル・ジョーの入った大きな紙箱があった。

ベンダーのスーツケースにして宝物庫は、ベッド近くの床に立っていた。ジョニーは膝をついてそれを開けた。スーツケースにはシャツが三、四枚、下着が数枚、ネクタイが二、三本、靴下一足、ギャンブルの道具類が少し、例えば三、四セットのトランプ、緑、白、赤のサイコロが三ペア、それに『闘鶏場と闘鶏』三冊が入っていた。

ジョニーは立ち上がり、開いたスーツケースから衣装戸棚の方へ行った。しわになったスーツが針金ハンガーに掛かっていた。ジョニーが胸ポケットに手を突っ込み、手紙を取り出したところで、部屋のドアが開いてオットー・ベンダーが入ってきた。

床屋は声を張り上げた。「ここまで見下げ果てた奴だとはな?」

ジョニーはベンダーのコートのポケットから手を抜いて言った。「おまえの鶏が無事か見ようと思って入ったんだ」

「奴はベッドの上の箱の中だぞ」ベンダーは険悪な様子で言った。「おれのコートのポケットには入っていない」

「ああ、わかってるよ。ちょっと腹を空かしているように見えたから、おまえが鶏の餌をポケットに入れてやしないかと思ってね」

ベンダーはズボンのポケットをぴしゃりと叩いた。「ここにあるんだ、いいか？」彼は手を入れて非常に大きな札束を取り出した。「こんなホテルの部屋に、何か置いておくと思うのか？　コソ泥しかいないような場所にさ」

サム・クラッグが戸口に顔を出した。「どうかしたのか？」

「おまえのダチが、おれの服から金を振り落とそうとしてるところを見つけたんだ」ベンダーは悲しそうに言って頭を振った。「おまえにはがっかりだよ、フレッチャー」

「おれも自分にちょっとがっかりしてるが、もう六時を過ぎてるし、闘鶏に出かけるならもう出発しよう」

「おれたちの取引はまだ有効か？」

「もちろんだ」

ベンダーはリトル・ジョーの入った箱を持ち上げた。「さあ行くぞ」彼らは部屋を出て、ジョニーは四〇四号室のドアの方へうなずいてみせた。「ほら、おれたちはドアの鍵さえ掛けていないよ」

「だって盗む物なんて何もないからな」ベンダーが仏頂面で言った。

一行はエレベーターで下に降り、通りでノースウェスタン駅に向かって西へ進んだ。ベイカー・ヒルへの電車は十分後に出発するとわかった。

ジョニーはベンダーに切符を三枚買わせ、彼らは電車の改札へ素早く向かった。そこで衝撃が待っていた。改札係は空気穴の開いた箱をチラッと見るなり、首を振ったのだ。

「家畜は貨物車に乗せてください」

ベンダーは大声を上げた。「これは家畜じゃない、展示会用の闘鶏なんだ」

「鶏、アヒル、七面鳥、ガチョウ、クジャク、それに犬、猫、豚、羊――これらは皆、貨物車に乗せなければなりません」

「だけど、たかだかベイカー・ヒルへ行くだけだ」ベンダーは叫んだ。「この鶏は目を離しておけないくらい高価なんだぞ」

「いいですか」改札係は言った。「わたしは鉄道会社に勤めているだけです。経営者じゃないから規則は変えられません。家畜への規則は――」

線路の方から、ひずんだ「ご乗車の方はお急ぎください」が聞こえてきた。

「タクシーはどうです、旦那?」ジョニー・フレッチャーは嘲るようにオットー・ベンダーに言った。

「四十マイルあるぞ」

「二十ドルくらいで連れて行ってくれるよ」

オットー・ベンダーは改札に背を向けた。むかっ腹を立てて三枚の切符を破り、罵って紙切れを捨てて去った。「三ドル六十五セントが地獄行きだ」

鉄道駅の外で彼らは、タクシー運転手たちと交渉を始めた。最初の運転手は、遠出はできない、なぜなら妻がその夜ディナーパーティーを開くので、一時間で帰宅しないといけないから、とのことだった。二人目はまだ夜に客を乗せたことがないので不安だと言い、三人目の運転手は、あと一回短距離の運送を終えたら非番にする、というのも「ムーンビーム・ダンシング協会」でブロンド娘と大事なデートがあるからだという。

四人目の運転手は不細工な男で、妻も恋人もいなかった。そして暗闇も恐れていなかったが、前払いにしてくれと言い張った——二十五ドルを。ブツブツ言いながらベンダーは金を渡し、運転手はそれと、ポケットに入っている金すべてを、タクシーの派遣係に渡した。

「タクシーはおれの物じゃないんだ」彼は乗客たちに説明した。「だからあんたたちが実は泥棒だったとしても、おれは痛くもかゆくもない」

「歩いて帰らないといけないことを除けばね」ジョニー・フレッチャーが言い返した。

「二十五ドルのためなら、歩くのなんて何でもないね」

彼はマディソン通りへと向かい、ホールステッド通りを突っ走り、北へ曲がってグランド大通りに入り、斜めの通りから郊外へ抜けると、おんぼろ車を時速三十マイルで疾走させた。

第二十章

　ベイカー・ヒル近くのチャールズ・ホイットニー・ランヤードの農場の入口前にタクシーが停車したのは、八時十分前だった。大きな母屋は灯りで輝き、小さめの監督の邸宅のようだった。投光照明は裏庭まで続いていた。正面の門扉は開いていたが、車道にはチェーンが掛けられていた。

　ジョニー、ベンダー、サムはタクシーを降り、運転手に別れを告げた。そして門に近づいた。門柱にもたれていた男がすっくと立った。

「お名前は？　皆さん」

「フレッチャー、ベンダー、クラッグだ」ジョニーが答えた。「大丈夫だよ、招待されているからね」

「もちろんです」守衛は言ったが、懐中電灯でノートを照らした。そして首を振った。「申し訳ありませんが、ベンダー様、クラッグ様、そして」彼はページをめくった。「フレッチャー様というお名前は見当たりません。招待状を見せていただけますか？」

「チャーリーが口頭で、我々を招待してくれたんだ」

「チャーリーとは？」

「チャーリー・ランヤードだ」ジョニーはベンダーの抱えている大きな箱を、指でトントン叩いた。

「何を持っていると思うんだ？　フクロウの剝製か？」

大きなリムジンが、農場へ入る小道を遮るチェーンの前に停まった。守衛は前に進み出て挨拶した。

「こんばんは、ミスター・バッカス」彼はチェーンを外し、そのまま舗道に落とした。リムジンはその上を越えて行き、守衛はチェーンを拾い上げて再度フックに掛けた。

「申し訳ありません、皆様。ミスター・ランヤードに電話しなくてはなりません」彼は守衛室の小さなドアを開け、電話を取り出した。

ジョニーは怒って言った。「いいとも。チャーリー・ランヤードが我々を招いたことを忘れているなら帰るよ。だが」——彼は人差し指を守衛に突きつけた——「今後はクラブで会っても無視する。彼にそう伝えてくれ」

彼は踵を返した。サムとベンダーは急いでその後に続いた。ベンダーは不平を言った。「中に入れるよう、おまえが計らってくれるんじゃなかったのか」

「入れるさ、心配するな」

「どうやって?」

「塀を乗り越えるんだ」ジョニーは頭を振った。「ランヤードはこの地方の慣習に合わせていないいんじゃないかな。でなきゃ誰が家に入ってくるか、あそこまでバカみたいに神経質にならないだろう」

彼らは数百ヤード歩いて、故ウォルター・ペニーの農場へ通じる門のない車道へ入っていった。そこは真っ暗で、三人は家を通り過ぎ、裏庭の後ろに出た。そして野原を突っ切ってランヤードの農場の方へ向かう道を取った。

月はまだ出ておらず、彼らを導く灯りは、はるか向こうのランヤードの地所からの、かすかな照明だけだった。しかししばらく手探りで進んでいくと、塀が現れた。

みごとな細かい金網で、その穴は爪先を入れて支えるにはあまりに小さく、有刺鉄線のより線が二本、六フィートの塀の上にあり、そのより線のてっぺんは地面から八フィートもの高さだった。

「こいつはぶったまげた！」ジョニーは無念そうに叫んだ。「ランヤードは誰一人として信用しないのか？」

「それが上流階級の考えさ」ベンダーが皮肉った。「いつも誰かに、自分の何かを盗まれるんじゃないかと恐れてるんだ」

サム・クラッグは力強い指で金網を握って揺さぶってみた。びくともしなかった。

「でかいシャベルがあれば、この下を掘り返せるんだが」彼は提案した。

「シャベルがあればね」とジョニー。「ないけどな。それに金網はきっと、コンクリートに固定されてるだろう」彼は金網の上の有刺鉄線を眺めた。

彼はコートを脱ぎ、また着た。「おれのコートは破るには新しすぎるな。おまえのコートを貸せよ、ベンダー」

「そいつのにすればいいじゃないか？」ベンダーはサムの方をあごで指して要求した。

「奴のも使うさ」

ベンダーはためらい、それからリトル・ジョーの入った箱を置き、オーバーコートを脱いだ。ジョニーはそれを取ると、有刺鉄線の両側に半分ずつ引っかかるように投げ上げた。

「さあ、おまえの番だ、サム」

サムはコートを渡し、それが受け取ったジョニーの脚に触れた。固く重い物が膝にぶつかった。

「ポケットに何を入れてるんだ、石ころか？」彼は尋ねた。

「ええと」サムは答えた。「それは――ほら、わかるだろ」

その時ジョニーは思い出した。その朝ホレースから奪い取った四十五口径だった。彼はそれをコートのポケットから取り出すと、サムに渡した。ベンダーは恐れ入って口笛を吹いた。

「なんて大砲だ！」

「今朝ある男から奪い取ったんだ」ジョニーは塀の方を向き、爪先立ってサムのコートをベンダーのコートの上に投げた。そしてサムに向かってうなずいた。

「用意はできたぞ、サム」

サムは塀に近づき、手であぶみを作った。ジョニーはあぶみに足を掛け、サムは手を肩の高さまで上げ、塀のてっぺんがジョニーの胸の位置に来るよう彼を持ち上げた。ジョニーは左足を伸ばし、金網のてっぺんに置いた。それから二枚のオーバーコートの厚みの上から有刺鉄線をつかみ、またがってもう一方の足を金網の上に、ただし塀のランヤード側に置いた。

その位置で彼は、地上のサムとベンダーを見下ろした。「最後の奴はどうする？」と尋ねた。

「走って飛びつけば、できると思うよ」サムは言った。

「本当に？」

サムは肩をすくめた。「やるしかないだろう」

ジョニーはためらい、それからため息をついて左足を振り上げ、金網の塀のてっぺんで右足と揃えた。有刺鉄線の一番上のより線をつかみつつ身をかがめ、地面に飛び降りた。

まともに足から着地し、それから前のめりになって両手両膝をついた。立ち上がって手をはたいた。

「次！」

塀の向こう側でベンダーはリトル・ジョーの入った箱を置き、サムが彼のために作ったあぶみに足を掛けた。サムは簡単に彼を有刺鉄線まで振り上げた。それをまたいでベンダーはサムに呼びかけた。

「リトル・ジョーを！」

サムは箱を軽くベンダーの方へ投げ上げ、ベンダーは入れ替わりにジョニーの伸ばした手にそれを落とした。それからベンダーは地面に向かって跳んだ。三人中二人は今や、ランヤードの敷地内にいた。こちら側に来るのはサムを残すのみとなった。

サムは暗闇の中で二十フィートほど後ろへ下がり、塀に突進してきた。彼の足は空を切って金網の塀を蹴り上げ、勢いよく空中に高く飛び上がった。コートをかぶせられた有刺鉄線をつかもうとする彼の手は、一番上のより線を握った。

苦痛の叫びがサムの喉から漏れ、有刺鉄線から手を離し、ドサッという音とともに地面に落ちた。彼は悪態をつきながら、素早く立ち上がった。「トゲの先がコートを突き破ってやがった」彼は叫んだ。手のひらの、鋭い鉄線が肉を突き刺したところを吸った。

ジョニーは塀に駆け寄った。「怪我はひどいのか、サム？」心配して彼は尋ねた。

「いや、でも越えられる気がしないよ。金網の塀だけならちょろいもんだが、あの二本の有刺鉄線が……」サムは頭を振った。

ジョニーは目障りな二本の鉄線をにらみつけた。そして突然空中に飛び上がり、サムのコートをつかんで引っ張り下ろした。再度ベンダーのコートに向かって飛び上がり、つかむと――ビリビリという音が聞こえ、頭上にコートが落ちてきた。

「おれのコート！」ベンダーは叫んだ。ジョニーの手からもぎ取り、持ち上げた。「背中側を全部裂いてくれたな」

「サムは手が裂けたんだ」ジョニーは言い返した。「おまえはその時には、叫ばなかったじゃないか」

彼は塀の方へ戻った。「サム、銃の安全装置を確認して、塀越しに投げてくれ」

サムは銃を点検し、塀越しにふわっと投げた。ジョニーはそれを受け取った。「有刺鉄線をこれから切る」彼はサムに言った。「だが切ったらさっさと動けよ」

「動くよ、大丈夫だ」サムは請け合った。

ジョニーは安全装置を外すと、銃を頭上に構えた。銃口は有刺鉄線の一番上のより線から二フィートと離れていなかった。彼は引き金を引いた。

四十五口径の発射音は雷鳴と同じくらい轟いた。一番上の鉄線は、ジョニーの目の前の空間からビュンと去ったように、突然消滅した。

ジョニーは素早く、二本目の鉄線のより線にオートマチックの狙いをつけたが、そちらはより低い位置にあって、銃口からは一フィート以内の距離だった。彼は再び撃ち、鉄線は消え去った。

「気をつけろ」サムは塀の向こう側から叫んだ。彼は全力疾走で金網まで来て、てっぺんをつかむとさっとよじ登った。

彼が軽々と地面に降りると、ジョニーは銃とオーバーコートを渡した。「来い、オットー！」彼は叫ぶと走り出した。

どうやら果樹園にいるようで、端までは三、四百ヤード離れているらしく、そこに農場の建物があった。木立を抜けて走る間、ジョニーはあちこちで懐中電灯が点滅するのを見た。銃声が聞かれ、ランヤードの雇い人たちが調査に出てきたのだ。

一つの懐中電灯がジョニーと仲間たちの方へ、真正面から近づいて来た。ジョニーは木の後ろの地面に身を伏せた。他の二人も近くに伏せた。揺れる懐中電灯は彼らの方へ寄って来た。サム・クラッグは、木の後ろで膝と手をついて身を起こした。懐中電灯はその木を照らし、彼らを通り過ぎ、突如戻ってきて三人の男たち全体を光の中に捉えた。

叫び声が聞こえた。「いたぞ！」

そこでサムは弾かれたように地面から飛び上がった。懐中電灯を持った男はかすれた叫び声を上げた。しかしその叫びは、サムの拳が命中すると詰まってしまった。

「これでよし」サムが押し殺した声で言った。

ジョニーとベンダーは飛び起きて走り出した。サムは一番後ろから追いかけた。背後の果樹園では、数人の男が叫び声を交わしているのが聞こえたが、彼らは気に留めなかった。

そして突然、果樹園の端から裏庭へと入っていた。あたり一帯に、サイズも形もさまざまながら、ほとんどが大きく高価な車が何十台も停まっていた。

三人は走るのを止め、駐車場の間を音も立てずに歩いた。再び自由の身になったジョニーは、自分たちが向かっているのが巨大な白い納屋だとわかった。投光照明が一つのドアから溢れていた。それは半径百フィート内の全面を明るく照らし、多くの男たちがグループに分かれて談笑しているのを浮かび上がらせていた。

彼らが納屋のドアに近づいていくと、一人の男が出てきて口元に両手を当てて呼びかけた。「最初の勝負が一分以内に始まりますよ、皆さん」

裏庭でぶらぶらしていた男たちは、グループを崩してドアに殺到した。ジョニー、サム、ベンダーは流されて、気がつくと納屋の内側にいた。

納屋は約六十×八十フィートの大きさで、ある一つの目的のためだけに作られていた。闘鶏だ。中央には闘鶏場が、その周囲には観客用の座席が階段状に並んでいた。

試合会場には少なくとも二百人の男たちがいて、半分以上は闘鶏場周辺の座席に座り、それ以外は空席を探して右往左往していた。バカでかい投光照明が闘鶏場を照らし出していた。

ジョニー、サム、そしてリトル・ジョーを抱えたベンダーは、闘鶏場めがけて急いだ。ジョニーが気づいたところでは、ここは直径二十フィートほどの砂地の土俵だった。五フィートほどの板壁が周りを囲んでいた。一方にドアがあり、そこから座席の列の下の通路に行けるようになっていて、その先にはリングに出される鶏たちの控室があった。

その時、下の土俵ではオーバーオールを着た二人の男が、それぞれ脇に闘鶏を抱えていた。彼らは審判を行なっているハワード・コーコランの長広舌を聞いていた。プロボクシングによく似た光景だった。ただ闘うのは人間ではなく鶏だったが。

第二十一章

ジョニーと仲間たちは、リングから二、三フィートのところで空席を探してしばし立っていたが、近くには見当たらなかったので、観客が鈴なりになった土俵の端まで通路を降りていった。ジョニーは肘を活用した。

太った中年男が振り向いた。「ちょっとちょっと」彼は大声を出した。

「ごめんよ」ジョニーは言って、男が作った隙間に割り込んだ。

しかし太った男はそう簡単にはどかなかった。

「言っただろ、君のせいで窮屈なんだよ。なあ?」

「何が?」ジョニーは尋ねた。

男は横にぐいっと進んで狭い隙間に入り、ジョニーを反対側にいる男の方に押しやった。「言った意味がわかったか?」

ジョニーの後ろにいる男が肩を叩いた。ジョニーは頭を巡らせ、たじろいだ。後ろにいたのはチャールズ・ホイットニー・ランヤードだった。

「ああ、こんばんは、チャーリー」ジョニーは力なく言った。

「どうやってここに入った?」ランヤードは尋ねた。

「タクシーで。二十五ドルもかかったよ」

「農場までの交通手段など興味はない——どうやって敷地内に入ったんだ?」

「それについては話したいことがある、ランヤード」ジョニーは自信を取り戻して言った。「門のところにいた男は、僕が招待されていないと言ってたぞ」

「招待されていないからね」

「そうか? 昨日の朝、レッド・サンダーが闘うところを見に立ち寄ってくれと、君が言ったのを覚えているが」

ランヤードは顔をしかめた。その時、オットー・ベンダーが肘を使って道をこじ開けてきた。「話はついたか、フレッチャー?」彼は興奮して尋ねた。

ランヤードのしかめ面は、あからさまな不機嫌に変わった。「君もいたのか?」

「それにサム・クラッグもだ」ジョニーはサムが合流するためやって来たのを見て、付け加えた。

「リトル・ジョーの件はどうなった?」ベンダーは言いつのった。

「後で」ジョニーは言った。

「彼はジョーを闘わせてくれるのか?」ベンダーは続けた。

その時ランヤードはベンダーの足元の大きな箱を見た。「何を持ち込んだんだ?」彼は指さした。

ベンダーは箱を持ち上げた。「ちょうどそのことを話していたんだ。こいつはリトル・ジョー、この国でも最高の、めちゃくちゃ強い雄鶏だ。どんな鶏でもこいつと闘わせるためなら——」

「金に糸目はつけないね」ジョニーが聞き飽きた繰り返しを終わらせた。

ランヤードは息をのんだ。「君たち頭がおかしいのか?」

「鶏にかかわる人間は、皆ちょっとおかしいんじゃないか?」ジョニーは皮肉っぽく問い返した。

「賭けは成立か?」ベンダーが叫んだ。「ここにいるおまえの鶏の中で最上級の奴を、リトル・ジョーと闘わせるんだ。五百ドル賭けるぞ」

「バカバカしい」ランヤードはいきり立った。

下の方の闘鶏場では、ハワード・コーコランがランヤードの袖を引っ張った。「ミスター・ランヤード」彼は言った。「鶏を闘わせる準備はできています」

「やってくれ」ランヤードは声を張り上げた。

「五百ドルか。リトル・ジョーはどんな雄鶏でもやっつけると言ってるぞ」ジョニーは大声で叫んだ。

「ジャングル・ショール対ジャングル・ショール、アイオワのチャンピオン対イリノイのチャンピオンだ」彼は声をさらに大きくした。「ランヤードを褒め称えるか、黙らせるかだ!」

百人以上の目が、闘鶏場の隅にいるグループに注がれた。ランヤードは周囲をさっと見渡し、その顔は抑えきれない怒りで蒼白になった。

「いいだろう、闘うがいい」彼はジャングル・ショールを抱えて下の土俵にいる男に合図した。「トム、この勝負が終わったら、レッド・モホーク三世を連れてきてくれ」そしてジョニーとベンダーに向き直った。「レッド・モホークはわたしの最良の鶏ではないが、君たちの鶏を六ラウンドもかからずやっつける方に、君たちの五百に対し千ドル賭けよう」

「賭けは成立だ」オットー・ベンダーは叫んだ。

「よろしい。さあ、勝負を始めよう」彼はコーコランにうなずいた。「鶏を闘わせてくれ」

闘鶏場の砂の床に引っかいて付けられたラインの方へ、コーコランは移動した。彼は二人のセコンドに合図し、彼らは各々の鶏を前方に持ってきた。ランヤード側のトムは赤いジャングル・ショールを、そしてドクター・ホイーラー側の頑丈そうな男は、獰猛な顔つきのホワイトハックルを。

土俵の反対側では、ドクター・ホイーラーが手すりから身を乗り出して呼びかけていた。「初戦に勝つように、もう千ドル賭けるぞ、ランヤード」

ランヤードは指を鳴らした。「了解しました、ドクター！」

土俵の周りでは、さらに賭けが行われた。

土俵の上では二人のセコンドが、それぞれのチャンピオンを一ヶ所に持ってきた。彼らはそれぞれのライン上に片足を乗せ、鶏たちのくちばしを合わせた。獰猛な闘鶏たちは、お互いのくちばしをつついた。セコンドたちはラインから後ろに下がって、自分の鶏が傷ついていないか調べ、それから二度目のつつき合いのため、鶏たちを引き合わせた。二つのくちばしは再び、カチカチとやり合った。

サム・クラッグはジョニーの腕をつかんだ。「おい」彼は声を上げた。「鶏たちの脚に、針が括りつけてあるぞ」

ジョニーは彼に、ひるませるような一瞥を投げた。「鉄蹴爪（ギャフ）だよ、まったく。鉄蹴爪だ、針じゃない」

「どういうことだ？　蹴爪だけじゃ不十分だっていうのか？」

「いや」とジョニー。「人は自然を改良する。あの二インチの先が尖った鉄蹴爪は、切り裂いたり殺したりするのに、より役立つんだ。より素早く血まみれにする」

サムは身震いした。「ああいう鶏が、あの——鉄蹴爪をつけてこっちに迫ってきたら、ぞっとするよ」

土俵上ではセコンドたちが膝をついた。彼らは砂の上に刻んだラインの上に鶏を置いた。ハワード・コーコランは双方のセコンドと鶏に鋭い目を向けた。そして大声で宣言した。「用意！」静寂が人々を覆い、コーコランの声が響き渡った。「勝負！」

セコンドたちは鶏たちを手から離した。ジャングル・ショールとホワイトハックルは、相手に目を据えてゆっくりと進み出た。それからともに駆け出した。ぶつかるより前に空中にまっすぐ飛び上がり、バタバタと大きな羽音を立てる。二羽は五フィート以上の高さまで上がり、一瞬そこで吊されたように静止し、くちばしと針のように尖った鉄蹴爪がきらめく。

そして鶏たちは砂の上に降り、遅れて羽根がふわふわと落ちてきた。しかし鶏たちが地上で互いに攻撃すると、もっと多くの羽根が舞い上がって、落ちてきた羽根と合わさった。ホワイトハックルはしかしながら、二羽のうちで動きが俊敏なように見えた。というのも彼は急にジャングル・ショールにまたがり、赤い鶏を三回つついたが、それに対する仕返しは一回だけだったからだ。

コーコランの声が響いた。「そこまで！」

二人のセコンドは前に飛び出した。トムは預かった鶏の方へ手を伸ばしながら膝をつき、ジャングル・ショールを鋭く一瞥した。それから相手のセコンドに対し首を振った。「死んでる」彼は言った。ドクター・ホイーラーのセコンドはホワイトハックルをつかみ、死んだ鶏から引き離した。鉄蹴爪の一本がジャングル・ショールの肉に深く食い込み、刺さったままになっていた。その尖った鉄を外すのに少々時間がかかった。

ランヤードのセコンド、トムは赤い鶏を拾い上げ、立ち上がりながらチャールズ・ホイットニー・ランヤードに向かって首を振った。

「残念だな」ランヤードは共感した。

ジョニー・フレッチャーはランヤードを肘でつついた。「レッド・モホークを」

「もちろんだ。トムがレッド・モホーク三世を連れてくる」彼はハワード・コーコランに合図し、コーコランは近づいてきた。

「ミスター・コーコラン、もし異論がなければ、次の通常の試合の前に、一勝負挟み込みたいんだが。勝負を挑まれていて、ええと――ええと――」――彼は名前を思い出そうとするように指を鳴らした――「ミスター・フェンダーに――」

「ベンダーだ」アイオワの床屋は声を上げた。「オットー・ベンダー、アイオワ州ウェイヴァリーから来た」

「ミスター・ベンダーだ」ランヤードは続けた。

「そしておれの雄鶏の名はリトル・ジョーだ」ベンダーは誇らしげに付け加えた。「アメリカでも一番の、めちゃくちゃ強い鶏さ」

「そしてミスター・ベンダーは」ジョニーは声を張り上げた。「彼を応援するためなら、金に糸目はつけないぞ」

「ミスター・ランヤードの鶏に二対一の倍率で賭けよう」賭博師のエルマー・コブが静かに言った。

彼はジョニーの後ろに来ていた。

「おれは四百ドル賭ける」ジョニーは噛みついた。

「八百ドル対四百ドルだな」コブの口調は滑らかだった。

「ミスター・ベンダー、いくらがいいかね?」

「すでにミスター・ランヤードと五百ドル賭けている」とベンダー。「でもあんたとさらに五百ドル賭けよう」

ジョニーはハッと息をのんだ。口の端でベンダーにささやいた。「金は取っておいた方がいいぞ」

「金ならある」ベンダーは言い返した。「でもそれも必要ない――リトル・ジョーは他の鶏なんぞシチューにしちまうからな」

エルマー・コブは唇に冷笑を浮かべて、ジョニー・フレッチャーを眺めた。「わたしはまだ金に余裕があるぞ、ミスター・フレッチャー」

「おれもだ」ジョニーは答えた。「でもまんべんなく使いたいからね」

ドクター・ホイーラーが突然、リングの反対側から呼びかけてきた。「ランヤードの鶏に二千ドル対千ドルで賭けよう！」

「ほら見ろ」とコブ。

「受けて立つぞ！」ジョニーはドクター・ホイーラーに叫んだ。

「望むところだ」ドクター・ホイーラーは薄笑いを浮かべた。

下の土俵ではセコンドのトムが、凶暴な顔つきのジャングル・ショールを抱えてきた。オットー・ベンダーは紙箱を縛っていたひもを切り、ふたを開け、ジャングル・ショールとしてはさほど小さくないリトル・ジョーを取り出した。彼は鶏を持ち上げて見せびらかした。だが盛大な拍手を期待していたとしたら、まったくの空振りだった。

その夜その場にいた闘鶏愛好家たちは、ランヤードの友人たちだった。相手側に賭けることもあるが、それは純粋にルールに則っていた……そしてその時の相手はドクター・ホイーラーのホワイトハックル、折り紙付きのチャンピオンだった。

ベンダーは自分の鶏のセコンドとして土俵に降りて行った。一瞬、彼は自分の鶏をランヤードのジャングル・ショールから遠ざけた。自らの身体で盾を作り、鶏に自分から身体を伸ばさせた。その一方で、彼は鶏を抱き上げ、審判のハワード・コーコランにうなずいた。

セコンドたちが鶏を抱えてつつき合いをさせる間、最終の賭けが行われた。

二度つつき合いをさせた後、彼らは勝負のため鶏たちを引き離した。

エルマー・コブは闘鶏場に身を乗り出し、ふいに叫んだ。「三対一でランヤードの鶏に賭けよう」

派手なチェックのコートを着た小柄な男が叫んだ。「それに千ドル賭けるぞ」

「成立だ」

「用意」とコーコラン。「勝負……！」

セコンドたちは鶏から手を離した。リトル・ジョーは空中に飛び上がって降り、鉄蹴爪がきらめいた。しかしランヤードの鶏を捕らえることには完全に失敗した。というのもレッド・モホーク三世は横に飛びのき、もう一度鋭いくちばしで向かってきたからだ。それはリトル・ジョーの脳天に鈍く命中し……そしてリトル・ジョーは倒れた。脚が一、二度空を蹴り、そして静かになった。

レッド・モホーク三世のくちばしが、リトル・ジョーの脳を突き刺していたのだ。

一瞬水を打ったような沈黙が、闘鶏場を包み込んだ。そしてリトル・ジョーの持ち主が怒声を発した。「不正だ！」彼はわめいた。

土俵上にいたハワード・コーコランが、蜂に刺されたようにパッと向きを変えた。「どういう意味だ、不正とは？」

オットー・ベンダーはたじろいだ。その顔には汗が浮かんでいた。「こんな――こんなことは信じられない。リトル・ジョーはおれが育てた中で最高の鶏だった。なぜこんなに……早く……負けた?」

彼は前へ進み、屈んでリトル・ジョーの亡骸を拾い上げた。彼は信じられない様子で首を振った。しかしその死は疑いようもなく、ハワード・コーコランは公式に勝敗を発表した。「勝者、チャールズ・ホイットニー・ランヤードのレッド・モホーク三世」

リトル・ジョーの敗北で、オットー・ベンダーと同じくらい呆然としてしまった人物がもう一人いた。リトル・ジョーに千四百ドル賭けてしまい、四百ドルしか返す見込みがないジョニー・フレッチャーだった。手っ取り早く言えば、彼には千ドルの借金ができてしまったのだ。彼はコブの視線を感じた。

「さて、フレッチャー?」コブは皮肉っぽく言った。

「あ――あんたが勝ったようだね」ジョニーはどもりながら言った。

「氏より育ちだな」ランヤードが口を挟んだ。「わたしの鶏をベンダーの鶏と闘わせるのは嫌だったんだ。彼にはまったく勝ち目がないのをわかっていたからね。だが君たち二人のうちでは、君がわたしを巻き込んだんだ。さて、今こそ君が自分の過ちを償う時だ」

ジョニーはポケットに手を入れた。四百ドルを数え、残りが七ドルなのを知った。四百ドルをコブに支払った。

土俵ではオットー・ベンダーが自分の死んだ鶏を処分するようトムに託し、ジョニー、ランヤード、そしてエルマー・コブが立っているところにやってきた。

彼はポケットからバカでかい札束を取り出し、少額の札で五百ドルを数えてランヤードに渡した。

「あんたの金だ、ミスター・ランヤード」

エルマー・コブは思わせぶりに口笛を吹き、ベンダーは内側の胸ポケットに手を入れ、財布を取り出した。そして五十ドルを十枚取り出し、財布にはまだたくさんの札があることを示した。

「リトル・ジョーは負けた」彼は言った。「でもジャングル・ショールに負けたんだ。おれはまだ、ジャングル・ショールが世界中のどんな闘鶏もやっつけると思ってるよ」

エルマー・コブは薄笑いを浮かべた。「ホワイトハックルも負かすと思うのか？」

「おれはミスター・ランヤードの鶏に五百ドル賭けるよ」ベンダーは言った。

「自分自身に賭けていたのに」エルマー・コブが辛辣に言った。その時ランヤードの視線に気づき、彼は咳払いした。「実のところ、ジャングル・ショールへの賭け率は一般的に三対二なんだ。試合全体ではな。次の勝負はイーブンマネーベットだ（勝つと賭け金と同額を配当として得られる）」

「おれは試合全体に三対二で五百ドル賭ける」とベンダー。「そして次の勝負に二百ドルだ」

「賭けは成立だ」コブはフレッチャーの方を振り返った。「君も同じようにやるかい？」

「おれは次の一戦に七ドル賭けるよ」ジョニーは言った。

コブは笑った。「いつも冗談ばかりだな？」

「冗談なんかじゃない。まったく本気で七ドル賭けたいんだ」

「小銭は取っとけよ」コブはニヤリとして闘鶏場の方を向いた。

サム・クラッグがジョニーの後ろにやって来て、かすれ声でささやいた。「ジョニー、ドクに払う千ドルを、どうやって作る気だ？」

「わからん」ジョニーはささやき返した。「今考えているところだ」

闘鶏場ではランヤードとドクター・ホイーラーのセコンドが、二戦目の準備を済ませていた。鶏たちをつつき合わせ、闘わせた。

ジョニーのジャングル・ショールに対する熱意は、すでにリトル・ジョーの敗北でガタガタにぐらついていたが、ランヤードの鶏が二番目のホワイトハックルに対し、二分と持たなかったのを見て、わずかに残っていたジャングル・ショールへの好意も消え失せた。

試合全体はドクター・ホイーラー側から見て二対〇だった。彼はランヤードの八勝に対して六勝すればよく、賭け率はますます彼に有利に変わっていった。ジャングル・ショールに対し三対一の賭け率を申し出た者は、承認されるまでしばらく待たなければならなかった。

三番目のホワイトハックルと三番目の正規のジャングル・ショールが運ばれてきた。二羽はつつき合い、闘い、空中へ舞った。砂の床に降り、彼らの鉄蹴爪は相手の体に突き刺さった。審判は宣言した。「そこまで!」そして鶏たちは引き離され、二十秒間手当てされ、そしてまた闘った。

闘いは四分間続き、鶏たちは空中へ上がり、互いに飛びかかり、怒り狂ってくちばしでつつき合った。闘鶏場には血しぶきが飛び散った。そしてホワイトハックルがジャングル・ショールの翼で倒された。即座に赤い鶏はホワイトハックルにまたがった。しかしホワイトハックルの足が上にサッと切りつけ、ジャングル・ショールの胸を上から下に切り裂いた。赤い鶏はホワイトハックルの上に落ち、死んだ。

スコアはホワイトハックル三勝、ジャングル・ショール〇勝となった。今や三対一の賭け率が、試合会場全体に広がった。派手なチェックのコートを着た小男は最も賭け金を稼ぎ、ノートに書きつけた。ベンダーは震えているように見え、ジョニー・フレッチャーの側に戻った。「これまで千五百ドル損したよ」

「おまえの床屋の価値はいくらだ?」

「それより少し高いくらいだ。あと残り百ドルしかない。次のジャングル・ショールが負けたら、おれは破産だ」

第二十二章

四番目のジャングル・ショールはぴったり三十秒持ちこたえ、スコアはホワイトハックル四勝、ジャングル・ショール〇勝となった。ランヤードの鶏は試合全体を制覇するのに八勝しなければならなかったが、ドクター・ホイーラーはあと四勝だけで良かった。

賭け率は五対一に跳ね上がった。ドクター・ホイーラーは二千ドル対一万一千ドルの賭けさえ行なった。チェックのコートの小男はその賭け率を受け入れ、ジョニー・フレッチャーはにわかに彼のことが気になり始めた。

「あのスポーツコートの小男は誰だ?」彼は観客の一人に聞いた。

「今まで見たことがないね」というのが答えだった。

ジョニーはランヤードの袖を引いた。「あの、勝ちを全部かっさらっているチビは誰だ?」

「わたしも知らないな。おそらく誰かの連れだろう」

「かなり損したのか?」ジョニーは尋ねた。

「数千ドルだな」

「今夜はついてないらしいな」

「望みは捨てていないよ」ランヤードは言い、その証拠に千ドルに対し五千ドルの賭けをした。

五番目の対戦者たちが連れてこられ、つつき合いに続き闘いが始まった。二羽はライン上でにらみ合い、ホワイトハックルがじりじりと前に進み出た。ジャングル・ショールは飛び上がり、相手の上に降りてきて脳天に杭打ちする一撃で仕留めた。同時に鉄蹴爪で、ホワイトハックルの翼をほとんど切り裂いた。

観客たちから歓声が沸き起こった。ホワイトハックル側の人間でさえ拍手を送った。しかし賭け率は五対一のままだった。実のところ六戦目は活発な賭けが行われた。というのも、ジャングル・ショール側の人間にも、良い賭け率で金が戻ってきたからだ。

オットー・ベンダーはジョニーにわめき散らした。「なのにおれはこの勝負に賭ける金を、五セントも持ってなかった！　フレッチャー、少しばかり貸してくれないか？」

「冗談だろ？　おれは七ドルしか持ってないよ。おまえがリトル・ジョーで、おれを破産させたからな」

オットー・ベンダーはよろよろと去って行った。少し経ってジョニーはベンダーが、今しがた大儲けしたスポーツコートの小男に、熱心に話しかけているのを見た。小男はにっこり笑って、ベンダーの手に何かを押しつけていた。

ジョニーが闘鶏場の反対側へ回ると、ドクター・ホイーラーが突然手を伸ばして肩を叩いてきた。

「ミスター・フレッチャー、差し支えなければ、あの千ドルを今使いたいんだが……」

「小切手で渡さないと」ジョニーは言った。「今ちょっと現金を切らしていてね」

「わかった、小切手でもいいよ」

ジョニーはポケットをパンパンと叩いた。「ペンを借りなきゃ」

「ほら、ここにある」

「それと小切手だ」ジョニーは言った。「友人のクラッグがおれの銀行小切手を持っているんだ。ちょっと待ってくれ」彼は急いでドクターから離れた。

七戦目の対戦者たちが土俵に運び込まれ、結果は六戦目と非常に似通っていたので、人々の間にざわめきが起こった。ホワイトハックルは防戦一方で、一発も打撃を与えることなく死んだ。

「イエーイ！」オットー・ベンダーが叫んだ。

ジョニーは彼を鋭い目で見た。

「これにいくら賭けた？」

「二百ドルだ——五対一でな！」

「つまりあのチビがおまえに二百ドル貸したのか？」

「おれが信用に値するとわかってたのさ」

「彼を知ってるのか？」

「ああ、もちろん。昔から展示会で何度も会ってる」

「彼の名前は？」

「フラグラーだ」

エルマー・コブが近づいてきて、百ドル札を十枚数えた。そしてベンダーに渡した。

「試合全体では二対一の賭け率だ——そして次の勝負では一対一だ」

「二対一だって？」ベンダーが叫んだ。「まさか、ジャングル・ショールはまだ三戦負け越してるぞ」

コブは肩をすくめた。「五対一で賭けるのは、カモだけだからな」

鶏たちはすでに、次の勝負のため土俵上にいた。「この勝負に千ドル賭ける」ベンダーは言った。

「成立だ」

ジャングル・ショールは二分もかからずに勝利し、対戦相手から受けたのは、ほんのかすり傷だった。

スコアが今、五勝対三勝となったところで、納屋の追加の照明が点き、ウェイターたちが飲み物とサンドウィッチを持ってきた。

「十分間の休憩に入ります」チャールズ・ランヤードが宣言した。

ドクター・ホイーラーがやって来た。「君のジャングル・ショールは確かに息を吹き返したな」彼は言った。

「あなたがまだ先行していますよ」

「そうだな、でも試合全体が上限の十五戦まで行くとしても、今は驚かないよ」

「この間のように？」

ドクター・ホイーラーはうなずき、突然ジョニーの腕をつかんだ。「白紙の小切手は手に入れたか？　ミスター・フレッチャー」

「いや、まだだ」ジョニーは言った。「試合の最後までこのままでいいじゃないか？　あと何回か賭けたいしね」

「わたしとしては、ダメだ」

「どうしたんだ？」ランヤードがいきなり尋ねた。

「ミスター・フレッチャーはわたしに千ドル借りがある――オットー・ベンダーの鶏でね」

ランヤードは驚きの叫び声を上げた。「君が千ドル賭けたって？」

「千四百ドルだ」ジョニーは気楽な調子で言った。「四百ドルはコブに対してだ」そして咳払いした。「彼に払っちまったんだ――手持ちの金をすべて」

ランヤードはジョニーの腕をつかんだ。「ちょっと話がある、フレッチャー」

「いいとも。失礼、ドク」

ランヤードとジョニーは席の列の一番上まで上ったが、そこは席に座っていた人々が休憩で外していたので、空間がたっぷりあった。

そこでランヤードはカンカンに怒ってジョニーの方を向いた。「金もないのに千ドル賭けるなんて、いったいどういう神経をしてるんだ」

「熱に浮かされてしまってね」とジョニー。「でも心配無用だ。ちゃんと払うよ」

「どうやって？　コブに四百ドル払ったと言ったじゃないか。もうそんなに残ってないはずだ」

「君はおれの財務状況を、よくご存じのようだねえ」

「ミス・タンクレッドが昨夜君に五百ドル渡して、それが君の全財産だってことは知ってるさ」

「へえ、そうかい？」ジョニーは叫んだ。「明日にはもう千ドル手に入れてみせるさ」

ランヤードはジョニーのコートの襟をつかんだ。「ロイスからはダメだぞ、絶対に」彼は突然、手の甲でジョニーの顔を殴った。「一セントももらうんじゃないぞ――わたしからも、他の誰からも」

ジョニーはランヤードの握っている手から、身を振りほどいた。「いつ君から金をもらうなどと言った？」

「昨日ある人物が、わたしから大金を奪った」ランヤードは苦々しい調子で言った。「二万五千ドルだ」

ジョニーはランヤードをまじまじと見つめた。「二万五千ドルをやったのか……誰かに?」

「そのことを知らないのか?」

「知っていると思うのか?」

ランヤードはためらい、その顔は急に苦痛にゆがんだ。「何を信じたらいいのかわからない——あるいは誰を」彼はポケットに手を突っ込み、折り曲げられた固い紙を取り出した。ジョニーは彼の手から受け取り、それが写真であるのを見た——彼自身のポケットにあるものと同じだったが、違うのはその下に紙切れが貼り付けられていたことだった。そこにはこうタイプされていた。「ウォルター・ペニー、著名なスポーツマンであり闘鶏の養成者。友人との休暇中」

「これに二万五千ドル払ったのか?」ジョニーはゆっくり尋ねた。

「フィルムにだ——そしてフィルムはまだ手元に届かない」

ジョニーは手を脇に垂らした。ポケットに入っている小さなアルミのフィルム缶の存在が感じられ、それを取り出してランヤードに渡してやりたい誘惑に駆られた。しかしロイス・タンクレッドに渡すと約束したのだ。

彼は言った。「君がこれに金を払ったことを、ロイスは知っているのか?」

「バカを言うな!」ランヤードは叫んだ。「もちろん知らない」

「彼女の父親が、今夜彼女がここに来ると言っていたが」

「屋敷にいるよ——他の女性たちと一緒に。試合の後で合流することになっているんだ」

下の土俵から、ハワード・コーコランが呼びかけた。「準備できました、ミスター・ランヤード」

集団のはるか向こう側のライトが弱まり、ジョニーはランヤードに写真を返し、闘鶏場へ降りていった。着く前にランヤードはジョニーの腕をつかんだ。「さっきはすまなかった、フレッチャー。ロイスは君に絶大な信頼を寄せているようだ」

「彼女をがっかりさせはしないよ」ジョニーは約束した。「絶対に言わないでくれ、その——写真のことは」

ジョニーはわかったと首を振り、二人は闘鶏場を見下ろせる手すりまで行った。セコンドたちはすでにつつき合いを始めていた。ドクター・ホイーラーは変わらず土俵のランヤード側にいたが、こう言った。「これに千ドル賭けるよ。チャールズ、君は?」

ランヤードはうなずいた。「同じく」

流れはまだジャングル・ショール側にあった。鶏たちは土俵で猛然と闘い、砂に血が飛び散ったが、九戦目の勝者はジャングル・ショールだった。

十戦目の鶏たちが土俵に運ばれてくる前に、ジョニーはオットー・ベンダーの姿を見かけた。床屋は興奮しているようだった。手いっぱいに金を握り締め、右へ左へと賭けまくっていた。そして小男のフラグラーは大はしゃぎだった。

ドクター・ホイーラーはジョニーに言った。「あの千ドルを今使いたいんだ」

ランヤードはそばで聞いていて、ドクターの腕に触れた。「わたしが保証しますよ、ドクター」

ドクター・ホイーラーはジョニーをじっと見つめてから、ランヤードにうなずいた。「わかったよ、チャールズ」彼はノートに書きつけた。「次は五百ドルか?」

「五百ドル?」

ドクター・ホイーラーは目を細めた。「君の鶏は今強くなっているよ」

「そうですね。いいでしょう、五百ドルで」

十戦目はまたしても激しいものだったが、ホイーラーのホワイトハックルは第二ラウンドでやり返せず、審判はジャングル・ショールが勝者と告げた。

ホイーラーは長い間黙り込み、それから自分のセコンドに合図した。男は負傷したホワイトハックルを手にしていたが、やって来た。ドクター・ホイーラーは前のめりになって激しい調子でささやいた。男は立ち去り、そして数分後に十一番目のホワイトハックルを持って戻ってきた。

スコアは今、五勝対五勝となったが、ホワイトハックルへの賭け金は減少し、ジャングル・ショールへの配当率は互角になった。賭ける者は少なかった。ホワイトハックルの愛好者たちが悔しがったことには、ドクター・ホイーラーの鶏はその夜で最も激しい闘いの十一戦目に勝利した。闘いは四ラウンドまで至り、双方の鶏は闘い終えた時には血まみれの羽の塊となっていた。しかしホワイトハックルに命の輝きがあったのに対し、ジャングル・ショールは完全に死んでいた。

ホワイトハックルは再び好まれるようになり、というのも彼らはあと二回勝てばいいのに対し、ジャングル・ショールは三戦勝つ必要があったからだ。

賭けは再び活発になった。ホワイトハックルが人気となったが、その人気も十二番目のホワイトハックルが二十秒もしないうちに敗北したことで、突然の揺り戻しが来た。そして今、スコアは再度五分になった。

ドクター・ホイーラーはすでに敗北を味わっていた。彼は十二戦目と十三戦目の間の休憩中、黙って座っており、賭けるかどうかランヤードに聞かれた時も、ただ首を振っただけだった。彼は闘いの間も相変わらずむっつりと座っており、その闘いはランヤードのジャングル・ショールが勝利し、あと一勝でジャングル・ショールが試合全体で勝利するところまでこぎつけた。しかしホワイトハックルが今回勝てば、スコアはタイとなる。

十四戦目の鶏たちが運ばれてきたが、セコンドたちはしばらく抱えたままにしていた。というのも闘鶏場の周囲の状況が熱狂的だったからだ。これが最後の決勝戦となる可能性があり、まだ賭ける余力のある者たちは最後に一山当てたいと望んでいたのだ。ジャングル・ショールは今三対一の人気で、人々は全方向から叫んでいた。

ジョニー・フレッチャーは座席の列の下に通っている通路へ降り、そこでふいにサム・クラッグが席の下を走ってくるのを見て、驚かされた。大男の顔は曇っていた。

彼はジョニーの方を窺い、近寄ってきた。「どこにいたんだ、サム?」ジョニーは尋ねた。

「納屋の外だ」サムは答えた。「外で誰に会ったと思う?」

「誰だ?」

「ホレースだよ!」

「隣の家でおれたちがやり合ったあいつか?」

サムはうなずいた。「おまえがランヤードと話している間、ホレースがここから覗いているのを見かけたんだ。奴が何をしているのか探ろうと、納屋の外までつけてみたが、おれに気づいて外のどこかへ消えてしまった」彼は首を振った。「妙な予感がしてならないよ。何かが起こりそうな」

「すでにもう起こってるよ」とジョニー。彼はオットー・ベンダーが愛好者の数人と賭けに興じているあたりに、あごをしゃくった。「床屋は数千ドル勝って、今回ジャングル・ショールが勝つと……」

彼はまばたきすると、突然サム・クラッグを置き去りにして、チャールズ・ホイットニー・ランヤードを探した。しかし見つけ出す前に、闘鶏場のハワード・コーコランが「時間です」と宣言したので、彼は十四戦目を見るために立ち止まった。

ドクター・ホイーラーのセコンドは自分の鶏を降ろした。鶏は前方によろめくかに見えたが、ほんの一、二インチだった。そして片側にバタっと倒れた。

ジャングル・ショールは前に突進し、一度くちばしでつついた……それが勝負と試合全体の終わりだった。

怒号が沸き起こり、建物の垂木を震わせた。人々は入り乱れて皆が興奮してしゃべっていた。しかし喧噪を上回って突如叫び声が上がり、闘鶏場は静まり返った。

すべての目が土俵のそばの一点に注がれた――ドクター・ホイーラーが数分前まで座っていた場所だ。ドクター・ホイーラーはまだそこにいたが、座席の列と列の間に横たわっていた。そしてナイフの柄がその背中から突き出していた。

鼻眼鏡を掛けた中年の男が、人々の群れから抜け出し、ドクター・ホイーラーに近づいて膝をつき、脈を計った。彼は立ち上がり、首を振った。

「お亡くなりです」彼は告げた。

「殺された!」近くの誰かが叫んだ。

ジョニー・フレッチャーは前に進み、チャールズ・ホイットニー・ランヤードが死んだ男から六フィートほど離れた場所に立っているのを見た。その表情には恐れととまどいがあった。

ジョニーはベンチの一つに立ち、よく通る声で言った。「この建物から誰一人出るな!」

その宣告がランヤードの目を覚まさせたようだった。彼は身震いし、あたかも目の前のもやを振り払うように見えた。そして彼はジョニーのそばのベンチに立った。

「なぜこんなことが起こったかわかりません、皆さん。ですがこれは由々しき事態だ。皆さんにはここに残っていただくことになります。保安官が来るまでは……」

「保安官だって！」誰かが叫んだ。

「わかっています」ランヤードは弱々しく言った。「我々は違法な娯楽に耽っていた」彼は頭を振った。「このことで我々は悪評にさらされるだろうが、他にどうしようもない。これからすぐ、保安官事務所に電話しなければ」彼はベンチから降り、立ち去った。

愛好者連中は再び右往左往し始めたが、ドクター・ホイーラーの遺体からは大きく間隔を空けていた。ジョニー・フレッチャーは簡単に人混みをすり抜け、倉庫に通じる通路へと降りた。サム・クラッグが彼のそばについて来た。

ジョニーはうなずき、座席の列の下の通路を素早く進んだ。彼がドアへたどり着き、開けていたところへ、ランヤードのセコンド、トムが彼の後ろから忍び寄ってきた。

「おい」男は言った。「ミスター・ランヤードは皆ここにいろと……」

「いいんだ」ジョニーは言った。彼はセコンドの後ろから近づいていたサムに合図した。サムの手が後ろから伸び、男の口をふさいだ。

第二十三章

ジョニーはさっとドアをすり抜け、後ろ手にドアを閉めると、約十四フィート四方の部屋にいるのに気づいた。幅広い棚がいくつか取り付けられ、その上には飼料袋が載っていて……三つか四つの小麦袋からは、血が床に滴り落ちていた。

濃厚な血の臭いがジョニーの鼻をついた。彼はかがみ込み、袋の一つの口を開いた。鼻にしわを寄せ、恐る恐る袋の底を持ち、二羽の死んだホワイトハックルを中から落とした。

その鶏たちを調べようと屈んだところで、部屋の突き当たりのドアが開き、ドクター・ホイーラーのセコンドが入ってきた。彼はドアがばたんと閉まるにまかせ、ジョニーと向き合った。

「何をしてるんだ?」彼は問い詰めた。

ジョニーは身体を起こした。「死んだ鶏を見ていたのさ」

「何のために?」

「鶏たちがなぜ死んだか、見つけようと思ってね」

「ジャングル・ショールが殺しただろ」

「ジャングル・ショールと——他に何が?」

「他に何が、とは?」

セコンドはジョニーの周りを一周するかのように、横に歩いた。しかしジョニーが一緒に動こうとすると、足を止めた。彼はうっすら笑おうとした。「おまえがほのめかしてるのは……？」

彼は途中で言葉を切り、短銃の三十二口径をサッと出した。ジョニーの腹に狙いを定めた。

「おまえのせいだぞ」彼は言った。「余計なことに首を突っ込まなきゃ良かったんだ」

「ドアの向こうには二百人の人間がいるんだぞ」ジョニーは試合会場に通じるドアを指さしながら言った。「撃てるものか」

男がためらっていると、彼がやってきた方のドアが開き、ホレースが部屋を覗き込んだ。邪悪な光が彼の目に宿った。「これはこれは」彼は言った。

「シムはどこだ？」ジョニーは尋ねた。

「今夜は調子が悪いんだ」ホレースは言い返した。

「だがおまえによろしくとさ」

「ホレース」ドクター・ホイーラーのセコンドが言った。「こいつが死んだ鶏を調べているところを、つかまえたんだ」

「そうだろうとも」ホレースは軽い調子で言った。「いかにも奴のやりそうなことだ」そして試合会場に通じるドアを見た。「おまえのデブの友達はどこだ？」

「ドアの向こうだ」

「へえ、そうかい？」ホレースは片手をポケットに突っ込みながら、ジョニーに近づいた。意地悪くニヤニヤし、いきなり手を抜き出した。メリケンサックが一瞬ギラリと光り、雷と稲妻がジョニーの頭で爆発した。彼は暗闇に突き落とされた。

一瞬ジョニーは完全に失神し、その後目を覚ました。頭はズキズキと痛み、つかの間近くの海から波音が聞こえているのかと思ったが、間違いだとわかった。轟くような音は、ただの話し声だった。その一人はこう言っていた。「もうすでに、まずいことになってるぞ。こいつはそこらじゅうを駆け回って、どこにでも鼻を突っ込んできた。もし死体で発見されたとなりゃ……」

ジョニーは目を開け、ホレースとドクター・ホイーラーのセコンドがくっついて立っているのを見た。彼が殴り倒された時の部屋とは違っていたが、まだ鶏の臭いがしていた。

セコンドがジョニーを見ようと振り向いたので、ジョニーはあわてて目をつぶった。セコンドはホレースに言った。「だけどこいつは知りすぎている。このまま行かせるわけにはいかねえぞ」

「わかってる」ホレースは言った。「奴を片づけないといけないが、殺されたとわからないようにやらないとな」彼はしばし言葉を切った。「鶏たちのように」

「ああ」とセコンドは言った。そして大声を上げた。「それだ――鶏だよ」

「注射か？」ホレースは尋ねた。「どうだろう――奴は調べられるかもしれない」

「注射じゃねえよ」セコンドが答えた。「鶏たちが殺るんだよ。ここに鶏と奴を一緒に入れて、ドアに鍵を掛ければいい」

「するとどうなる？」

「鶏たちは奴にこれをお見舞いするのさ」セコンドは言った。ジョニーが危険を冒して素早く見てみると、ギラギラした針のように尖った鉄が、セコンドの手にあるのが見えた。「この針は二インチ半の長さがある。これであいつはズタズタになるのさ」

「でも鶏は人間を襲わないだろう」ホレースが反論した。

「冗談だろ？　農場にホワイトハックルが何羽かいるが、奴らはいつでも、何にでも誰にでも襲いかかるぜ。だが念のため、闘っていた鶏を何羽か入れてやる。鼻孔に血がついた……」

「わかった」とホレース。「それでいい、やってくれ」

ドアが開いて、また閉まった。それからジョニーのそばの床で足音が響き、足が彼のあばらに触れた。彼はびくっとしないよう堪えていたが、足は脇腹を強く押してきたので、ついにうめき声を上げて目を開いた。見上げるとホレースの顔があった。一、二フィート視線を下げると、さっきまでセコンドが持っていた、銃身の短い銃が見えた。

ホレースは言った。「起き上がりたければ、そうしていいぞ」

ジョニーが起き上がると、痛みが頭を貫いた。彼はたじろぎ、まばたきして痛みを押さえつけ、そろそろと立ち上がった。ドアが開き、ドクター・ホイーラーのセコンドが、血の染みた小麦袋を抱えて入ってきた。

「気がついたか、ああ？」

ホレースはうなずいた。「たった今だ、ちょっと待て、ディーク。そいつがおれの方に飛びかかってくるのは、ごめんだぞ」

「ドアの方へ行ってろ」

ホレースはそそくさとドアまで行き、数インチ開けた。彼はディークが袋から、ホワイトハックルをドサッと出すのを見ていた。鶏は羽をバタつかせて鳴き、セコンドの向こうずねを気乗りしない様子でつついた。男は小麦袋を使って、鶏をシーッとジョニーの方に追い立て、ドアの方へ行った。

ホレースは外へ逃げ、ディークが後に続いた。ドアがバタンと閉まり、ジョニーはかんぬきがスライドして木材に掛けられるのを聞いた。しかし彼の目は、コッコッと鳴いているホワイトハックルに釘付けだった。

ジョニーが片側にそっと寄ると、鶏の首の毛が逆立った。そして急に大きな鳴き声を発し、彼に飛びかかってきた。ジョニーはあえぎながら、激しく後ろへ飛びのいた。鶏はあと少しのところで彼を捕らえ損ねたが、片方の羽は実際に顔をかすめた。

ジョニーは部屋の反対側に退却したが、鶏は追いかけてきた。またしても彼に向かって突然飛び上がり、ジョニーはすでに壁に下がっていたので、横方向に身を投げるしかなかった。何かが腕にぶつかった。物が切れる音がして、ジョニーが腕の方にさっと目をやると、袖が八インチほど切れていた。鉄蹴爪がみごとに切ったのだ。

ジョニーは部屋の反対側に走り、向きを変えて見ると、鶏が三たび向かって来ていた。パニックに陥り、ジョニーは横に避けた。だが鶏はついて来た。

ジョニーはコートをさっと脱ぎ、闘牛士がマントを持つように前面に広げた。ホワイトハックルはそれに向かって飛んできて、再びジョニーは布が裂ける音を聞いた。コートには二ヶ所切れ目が入っており、その一つは長さ二フィートを超えていた。

この調子ではコートはすぐにバラバラになってしまい、防御の役には立たなくなってしまう。やるなら今だ。

ジョニーは鶏の四度目の接近を観察した。コートを上げ、ほとんど目の高さにまで掲げた。ホワイトハックルは翼を羽ばたかせ、空中をまっすぐ飛んで来た。同時にジョニーはコートを持ったままかがみ込み、鶏を迎えた。ホワイトハックルの鋭いくちばしが手の甲を突き刺したが、ジョニーは止まらなかった。彼はホワイトハックルをコートの中にくるみ込んで捕まえ、床に叩きつけ、上に飛び乗った。

騒々しい絶叫がコートの下から聞こえ、抵抗がすっかり止むまでジョニーは乱暴に踏みつけた。それから震え、汗びっしょりになって後ろによろめいた。

部屋の向こう側のドアが開き、ドクター・ホイーラーのセコンドの残忍な顔が現れた。「うまくやったな」彼は言い——二羽目の血に飢えたホワイトハックルを部屋に放った。

ジョニーは叫び、ふらふらと後ずさりした。その瞬間、小屋の外側で銃声が起こった。しゃがれた叫び声がジョニーのところまで聞こえ、外で足音がドタドタと響いた。

その時二羽目のホワイトハックルが向かって来た。少し飛距離は短かったが、床に降りるとき空中で半回転し、鉄蹴爪の一本がジョニーの真新しいスーツの上着の裾を捕らえ、きれいに切り裂いた。

その時小部屋のドアが押し開けられ、巨大な四十五口径を握ったサム・クラッグが現れた。

「サム！」ジョニーは力なく叫んだ。

鶏は新たな敵の登場を聞きつけ、向きを変え、サムに向かっていった。大きな銃が部屋を揺るがし、ホワイトハックルはバラバラになって、雲のように散らばった羽根と血しぶきと化した。

サムが近づいて来た。「一時間も探したぞ、ジョニー」

「ホレースとホワイトハックルの係を見たか？」

サムはうなずいた。「ホレースに撃ったと思うが、二人とも逃げちまった。でも遠くまでは行けないだろうよ、だって保安官代理たちが、ここにわんさか集まっているからな。他に誰がいると思う？」

「当てっこするような気分じゃないよ」

「マクネリー警部補だよ。保安官と一緒に来た」

「奴はどこだ？」

「奴らは屋敷に行ったよ。その時おれはなんとか逃げてきたんだ。でもマクネリーは、おまえがどこかこの辺にいるのを知ってるぞ」

ジョニーは息を深く吸い込んだ。「さあ、行ってこの件を終わらせよう」

第二十四章

郡の保安官は太った中年男で、名をウェンドリングといい、現場の指揮を取ると思われたのだが、広い客間のソファに座り込み、一連のことにひどくうんざりしているように見えた。部屋には二十人ほどの人間がおり、マクネリー警部補は管轄外区域で、ここにいるのは単に保安官が容認したからにすぎないのに、やたらと張り切っていた。

彼は前に後ろに歩き回りながら、激怒していた。

「百万長者たちは」彼は吠えた。「誰も彼もが大物だ。新聞はあんたらが何もしなくても、道を渡ったというだけで書き立てるんだぞ。考えてもみろ、新聞がこの――違法な闘鶏をどう扱うか、おまけに殺人ときた……!」彼はくちびるを鳴らした。

その時ドアが開き、ジョニー・フレッチャーとサム・クラッグが客間に入ってきた。マクネリー警部補の顔はすでに赤かったのが、鮮やかなバラ色になった。

「フレッチャー、よくもまあノコノコと!」

「やあ、お巡りさん」ジョニーはてきぱきと言った。「まだ辞めてなかったのか?」

マクネリーはジョニーの方に歩み寄った。「おれはこんなど田舎の警察じゃないんだ、フレッチャー」

「じゃ、なんでそんなふうに振るまってるんだ？」

マクネリーは居心地悪そうに顔をしかめている保安官の方をチラリと見た。「ウェンドリング保安官から助けてくれと頼まれたんだ」

太った保安官は自らを奮い立たせ、よろよろと立ち上がった。「いや、ちょっと待ってくれ、警部補。正確にはちょっと違う」

「そうですね」マクネリーは認めた。「でもたまたまあなたの事務所にいたところに、ここからの電話が来た。そして市内での殺人にすでにかかわっている者が、何人か含まれているとなれば……」

「ああそうだ」とジョニー。「あの殺人事件は解決したのか？」

マクネリーはジョニーを冷ややかに見た。「殺人犯はこの部屋にいる」

「うん、その点については正しいね、警部補。そいつを指摘してくれないか？」

マクネリーは彼を険悪な目でにらんだ。「その時が来たら指摘するさ」

「へえ、今がその時じゃないのかな？」

マクネリーは歯をむき出した。「フレッチャー、おまえこそ説明すべきことが山ほどあるだろう。おまえのことは保安官にすべて話したから、座ってそのデカい口をつぐんでいた方が利口だぞ」

「もしそうしたら」とジョニー。「あんたは誰がウォルター・ペニーとドクター・ホイーラーを殺したか、絶対見つけられないいね」

マクネリーはニヤリとした。「おまえは知ってるらしいな？」

「もちろんだ」

「わかった」マクネリーは嫌味たらしく言った。「おまえがそいつを指摘してくれるんだな」

ジョニーは部屋を見回し、チャールズ・ホイットニー・ランヤード、ハワード・コーコラン、オットー・ベンダー、エルマー・コブ、そしてチェックのスポーツコートを着た小男、フラグラーを見た。

「この部屋のほとんどの人間を追い出してくれれば、喜んで話すよ、警部補」

ランヤードは弾かれたように立ち上がった。「本当に知っているのか、フレッチャー、それともいつもの軽口か？」

ジョニーはドアの方へ行って開けながら、すぐ外にある物に手を伸ばした。それはひとまとめにした布切れだった。彼は部屋に戻り、まとめた布を振りほどき、たった一日前に買ったトップコートを取り出した。彼がちょっと引っ張っただけで、真っ二つに裂けてしまった。

「ホワイトハックルがついさっき、これをやってくれた。その時わかったんだ。ウォルター・ペニーとドクター・ホイーラーを殺したのは誰か……またなぜなのか……」

ランヤードは前に進み出て、その布切れをつまみ上げた。ジョニーは静かに言った。「ロイスの父親がこのコートを買ってくれた。このスーツもだ。彼に報いなければ……今」

ランヤードはジョニーの顔を見つめ、突然ある決断をした。保安官の元へ行った。「ウェンドリング保安官」彼は言った。「ちょっとお話ししてもいいですか？」

「もちろんです、ミスター・ランヤード」保安官は言った。

ランヤードは早口で彼に耳打ちし、年長の保安官はたびたびうなずいた。それからランヤードは咳払いして告げた。「さあ皆さん、よろしければ、部屋を出ていただきたい。この件が片付くまで、外でお待ちください」

彼が部屋から人々を追い出す間、ジョニーはランヤードのそばへ行った。ジョニーはハワード・コーコランの肩を叩いた。「あんたは残ってくれ」

コーコランの口元はゆがみ、保安官の方を見た。

「そうです」保安官は即座に言った。「残るんです」

ジョニーはエルマー・コブを指した。「あんたも」彼はフラグラーとオットー・ベンダーも探し出した。最後にマクネリー警部補に向かってうなずいた。「そして警部補、もちろん残れます」

マクネリーは彼をにらみつけ、部屋から出された最後の客の後ろでドアを閉めた。

ジョニーはサム・クラッグにうなずいた。「あそこに電話があるだろう、サム。長距離電話でアイオワ州ウェイヴァリーにかけてくれないか？」

「ウェイヴァリーだと？」オットー・ベンダーが声を上げた。「おれの故郷じゃないか」

「その通り」とジョニー。「今夜ウェイヴァリーに電話したが、ある質問をするのを忘れてしまったんだ」彼はマクネリーの方を見た。「あんたも今日電話したな」

「したら何だというんだ？」マクネリーは嚙みついた。

「おそらくあんたも、同じ質問をし忘れただろうと思ってね」

オットー・ベンダーの目は細くなった。「何のことだかわからないな」

「すぐわかるさ」ジョニーはふいにランヤードの方を向いた。「ミスター・ランヤード、今夜はいくら勝ったんだ？」

ランヤードは肩をすくめた。「計算する暇がなかったな。一万五千か二万ドルだろう」

「試合全体ではいくら賭けた？」

「五千ドルだ」

ジョニーはエルマー・コブを指した。「あんたはいくら勝った、ミスター・コブ？」

賭博師は冷ややかにジョニーを見た。「勝ったとは思わんね」

「ではいくら負けた？」

「君は何者だ？」コブは尋ねた。「国税庁の人間か？」

ジョニーはクスクス笑った。「そうじゃない。それにこの部屋の誰も、その情報を悪用するとは思えないよ。いくら巻き上げられたんだ？」

「君には関係ないね」

ジョニーは急にフラグラーの方を向いた。「いいだろう、あんたはいくら勝った？」

フラグラーは言った。「最初は負けたが、最終的にはうまくいったね」

「いくら勝った？」

フラグラーはしゃれたスポーツコートの中でもじもじした。

「かなり大金だ」

「二万ドル？」

フラグラーは躊躇した。「ああ」

「四万？」

「わからないな」

「ところで」ジョニーはさりげなく聞いた。「今夜は誰の連れとして来た？」

「誰の連れでもない。一人で来たんだ」

「招待もされずに門を通り抜けたのか？　おれは塀を越えないといけなかったぞ」

「わかったよ」フラグラーは言った。「ある人と一緒だった」

「ハワード・コーコラン?」

『闘鶏場と闘鶏』の編集長は急に前に進み出た。「いいか、フレッチャー。君の当てこすりは気に入らないね——」

「おれは殺人の方が気に入らないよ」ジョニーは言い返した。

部屋の向こうからサム・クラッグが呼びかけた。「ウェイヴァリーにつながったぞ、ジョニー。誰と話したい?」

「オットー・ベンダーの住居につないでくれ」ジョニーは部屋を横切って、サムの手から電話を取った。彼は呼び出し音と、それから声を聞いた。「もしもし?」

男の声だった。「ミスター・ベンダー?」ジョニーは尋ねた。「お元気ですか?」

ジョニーの後ろで誰かがしゃがれ声で叫んだ。突然乱闘が起こり、銃声が部屋を揺るがした。ジョニーは電話を取り落とし、身をかがめてサムにしがみついた。

しかしサムは、すでに四十五口径を抜き出していた。

部屋の向こうでマクネリー警部補が銃を手にして、血を流している手をもう一方の手で押さえているオットー・ベンダーのそばを通り過ぎた。マクネリーは三十二口径を部屋の反対側まで蹴飛ばし、そしてくるっと向きを変えてハワード・コーコランを捕まえ、大きな椅子に押しつけて座らせた。

ジョニーは電話を拾い上げ、送話器に向かって言った。「すみません、ミスター・ベンダー」そして電話を置くと、マクネリーの方へ歩み寄った。

「いい仕事ぶりだ、警部補」

マクネリーは怒って歯をむき出した。「あいつはおまえに弾をぶち込むところだったぞ」彼は大きく息を吸い、ゆっくりと吐き出しつつ言った。「おまえのことを誤解していたようだ、フレッチャー」そして頭を振った。「おれの欠点は怒りっぽいところだ……」

「おれだってそうさ、警部補」ジョニーは言った。

ドアが開き、ロイス・タンクレッドが部屋に入ってきた。ドアを閉め、それを背にして立った。

「わたし——銃声を聞いたので」彼女は言った。

ジョニーは彼女に近寄った。ボール紙の包みと三十五ミリフィルムのアルミ缶を差し出した。「君のフィルムだ、ミス・タンクレッド」彼は言った。

ロイスはジョニーを見て、そのそばを通り過ぎ、チャールズ・ホイットニー・ランヤードの元へ行った。

ジョニーは言った。「彼は昨日そのフィルムに二万五千ドル払って、まだ回収できていなかったんだ。君が知りたいかもしれないと思ってね」

「ええ、そうね、ジョニー」ロイスは優しく言った。だがその目は相変わらずランヤードに注がれていた。「ありがとう、チャールズ」

ランヤードはかすれた声で言った。「写真のことは本当に気にしていないんだよ、ロイス。ただ君が気にするかと——」

ロイスは言った。「その写真は不都合なものに見えるけど——本当に何でもないのよ」

「誰が写真を撮ったんだ、ミス・タンクレッド?」ジョニーが尋ねた。

「わからないの」ロイスは顔を曇らせて答えた。「考えてみたけれど、さっぱり……ただ……ジュニヴァ湖のほとりにはたくさんの人がいたの。カメラは六台ほどあって、誰かがいつも写真を撮ってたわ」

「でも一台のカメラが慎重に使われていた」ジョニーは言った。

「ウォルター・ペニーのだ。それで写真が時々撮られていた……君とペニーがたまたま近くにいる時に」彼はコーコランの方へうなずいた。「ミスター・コーコランがあの一連の写真を撮ってたんだ——ペニーのカメラを使ってね。彼はたくさんの写真を撮っているようなふりをしていたが、シャッターを押したのは君とペニーが一緒にいる時だけだった……フィルムの帯は、一連の写真が連続して撮られたことを示している。小屋の前にいる君とペニー……君に腕を回すペニー……飛び込み板の上の君とペニー……これらの写真が撮られた時に居合わせなかった者は、まったく違った考えを持つかもしれない……ことの次第について……」

彼はランヤードの方へ近づいた。「あんたが見せてくれた写真だが、ミスター・ランヤード。あれに貼りつけられていた説明文から、あんたが支払わなければ出版されるかもしれないと思ったのか?」

「それがいずれ起こることだと言われたんだ」ランヤードは言った。

「それでその出版をするのはコーコランだと、見破らなかったのか?」

「彼のことは考えたが、わたしに接触してきた連中は、彼のことなど聞いたことがないと言っていたんだ」ランヤードは眉をひそめた。

「だがまだわからないのは……」

「ウォルター・ペニーのことかな?」

「ああ、彼はすでに死んでいた……奴らが来た時には」

「ペニーはこの件に、最初から参加していたんだ」ジョニーは言った。「奴らはこの殺人をずっと前から――おそらく去年から計画していたんだろう。ペニー、オットー・ベンダー、コーコラン、そして……」ジョニーはフラグラーに向かってうなずいた。

「これは思いつきだが、コーコランが首謀者だと思う。闘鶏が金持ちの道楽だと、コーコランほど知ってる者はいないからね。彼は勝負の審判をし、百万長者たちと付き合い、その間ずっとあの小さな出版業を続けて十分稼いでいた。もっと儲けたいと思えるくらいにはね。だから彼はこのちっぽけなペニー殺しの計画を立てたんだ。ペニーが自分の鶏たちにドーピングを行なって、彼らを負けさせていたのを知っていたから。彼はコーコランにとって、利用するためだけの男だった。それから前面に出る男たちが何人か必要だった――役割を演じ賭けをする男たちが。だが彼らには賭け金が必要だった。金を賭けて稼ぐためのね。そこで脅迫が入ってきた。奴らは十万ドル巻き上げようとして、二万五千ドルに落ち着いた。ミス・タンクレッドは払うつもりなどなかった。彼女は……」ジョニーはあやうく自分を抑えた。「だがあなたは払った、ミスター・ランヤード。奴らに二万五千ドル与えた。奴らはその金を今晩勝つために使った……十万ドルか？」

偽オットー・ベンダーはうなった。「おれはズボンの中に六万ドル持っていて、まだ賭け金を全部回収さえしていない。フラグラーはその倍持ってる」

「では十五万ドルか。悪くない、悪くないね。で、奴らがやるべきことは、ドクター・ホイーラーのセコンドを買収することだった……自分が持ち込んだ鶏にドーピングしていた男を。ドクター・ホイーラーはそれを見抜いた。彼がセコンドを叱りつけているのを、おれは実際見たからね。彼が最後にぶちまけると思って、誰かが――おまえか、ベンダー？」

「違う違う」ベンダーはあわてて否定した。「フラグラーだ」

「実際には大きな違いはない――共犯者は引き金を引いた――あるいはナイフを使った――者と同様、罪があるってことだ」ジョニーはうなずいた。「だがおまえの芝居はなかなかのものだったな。アイオワから来た床屋か。ほとんどおれもだまされるところだった」

「だまされてたさ」偽の床屋は言った。

「おまえの持ち物を探っていたところを見つかった時まではな」

「おれの服には何もなかったぞ」

「なかったね」とジョニー。「シャツのラベル以外はな。ペンシルヴェニア州ピッツバーグ、ダッシュ ユリー、マクレランド。アイオワの床屋がシャツを作らせて取りに行くには、ずいぶん遠い場所だね」

その後も多少いろいろあったものの、しばらく経つと保安官とその代理たちは、容疑者たちと出て行った。ランヤードはジョニーのところに来て、札束を手に押しつけた。

「ロイスは千ドル渡す約束をしていた」彼は言った。「わたしはそれに千ドル足すよ」

しかしジョニーはかぶりを振った。「おれが二千ドルもらってどうする？」その時彼の視線は、コートの裾の裂け目に落ちた。「でも何かしたいなら、サムとおれにスーツを買ってくれてもいいね」そして付け加えた。「それとオーバーコートもそれぞれ追加してもらえたら……」

「君たちを明日、わたしの仕立屋に連れて行こう」

マクネリー警部補はいったん出て行ったが、ドアから顔を突き出した。「おまえもシカゴに戻るのか、フレッチャー?」

「ああ、なぜだ?」

「そうだな、わたしの車があるから乗せていってやろうかと思ってな」

「ずっと警官の車に乗りたいと思ってたよ」ジョニーは言った。「そして一度乗ったんだ――別の機会に、おれが逮捕された時にね」彼はクスクス笑いながら、警部補と出て行った。

訳者あとがき

本書は、アメリカの作家フランク・グルーバー（一九〇四〜六九）による、〈ジョニー&サム〉シリーズの第十一弾です。訳出の底本には、一九四九年の米版ペーパーバック The Gamecock Murders を用いました。

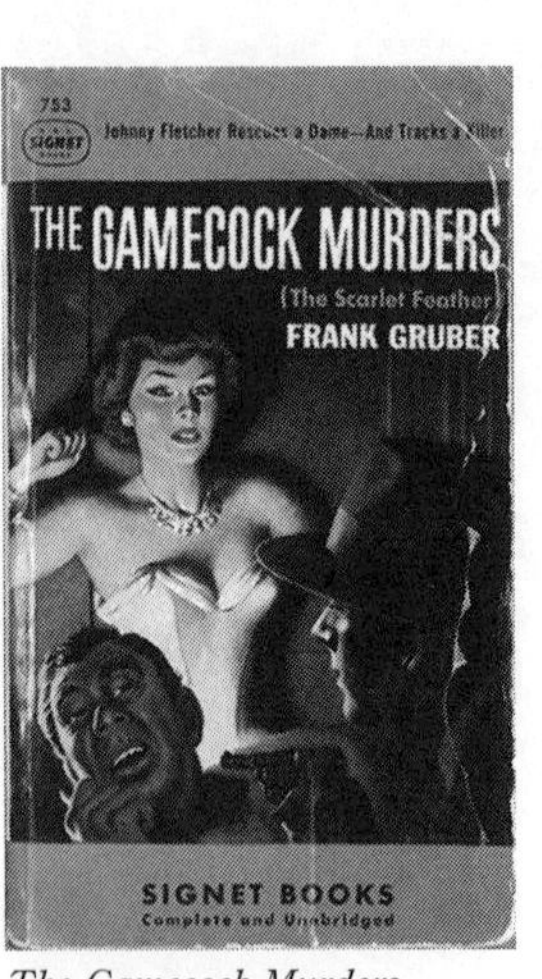

The Gamecock Murders
(1949, Signet Books)

ジョニーの巧みな口上と筋骨たくましいサムの実演で、肉体改造本を売りつけるのがこの二人組の稼業です。今回の舞台は、いつものニューヨークではなくシカゴ。例によって文無し、腹ぺこの二人は、若い女性がミシガン湖に飛び込むのを目撃します。いわくありげな彼女とかかわるうちに、またしても殺人事件に遭遇。ジョニーは嬉々として、嫌がるサムを従え、素人探偵役を買って出ます。事件の背後には違法な闘鶏が絡んでおり、二人はその世界に足を踏み入れていきます。

シリーズの持ち味である軽妙な会話、エピソードをこれでもかと詰め込んだスピーディな展開は、この作品でも大きな魅力となっています。いろいろ詰めこみ過ぎて、一日二十四時間では足りないいくらいだったり、湖の名前が途中で変わってしまったりといったところはご愛敬。ジョニーを目の敵（かたき）にする警部補や、一筋縄ではいかないギャンブラーたちを相手に、口八丁手八丁のジョニーと剛腕のサムがどう立ち向かうのか――痛快無比、見どころ満載の一冊です。

本作の重要なテーマである闘鶏の歴史は古く、インダス文明や古代ギリシャの時代まで遡ります。現在でも東南アジアや中南米などでは行われていますが、動物保護の観点から禁止する国が増えており、アメリカも例外ではありません。しかし本作で描かれているような、秘密裏に開催される闘鶏は今なお存在するようです。クライマックスの闘鶏場の描写は、闘う鶏の凄みと人間の欲望が渦巻き、ただならぬ迫力に満ちています。

余談ですが、作中で地方検事代理スティーヴンスが「無関係」という言葉に続けて、「適切でも重要でもない」と言っているのは、アメリカの作家E・S・ガードナーによる〈弁護士ペリー・メイスン〉シリーズで、主人公が法廷で頻繁に言う台詞に引っかけたものと思われます。第一作『ビロードの爪』が一九三三年に出版されて人気シリーズとなり、ラジオドラマが一九四三年から一九五五年まで放送され、その後はテレビドラマや映画にもなっています。本書が出版された一九四八年頃には、本国で三十作以上も発表されており、おそらくほとんどのアメリカ人に馴染みのある台詞だったのでしょう。

最後に、このシリーズをこよなく愛し、情熱をもってご紹介くださった故・仁賀克雄先生に、この場を借りて御礼申し上げます。本書をお見せできないのが、残念でなりません。

〔著者〕
フランク・グルーバー
別名チャールズ・K・ボストン、ジョン・K・ヴェダー、スティーヴン・エイカー。1904年、アメリカ、ミネソタ州生まれ。新聞配達をしながら、作家になることを志して勉学に勤しむ。16歳で陸軍へ入隊するが一年後に除隊し、編集者に転身するも不況のため失職。パルプ雑誌へ冒険小説やウェスタン小説を寄稿するうちに売れっ子作家となり、初の長編作品"Peace Marshal"（39）は大ベストセラーになった。1942年からハリウッドに居を移し、映画の脚本も執筆している。1969年死去。

〔訳者〕
巴妙子（ともえ・たえこ）
長崎市生まれ。お茶の水女子大学文教育学部卒業。翻訳家。訳書に『レイトン・コートの謎』（国書刊行会）、『悪党どものお楽しみ』、『探偵術教えます』（ともに筑摩書房）がある。

ケンカ鶏（どり）の秘密（ひみつ）
——論創海外ミステリ 284

2022年6月20日　初版第1刷印刷
2022年6月30日　初版第1刷発行

著　者　フランク・グルーバー
訳　者　巴妙子
装　丁　奥定泰之
発行人　森下紀夫
発行所　論 創 社
〒101-0051 東京都千代田区神田神保町2-23 北井ビル
TEL:03-3264-5254　FAX:03-3264-5232　振替口座 00160-1-155266
WEB:https://www.ronso.co.jp

組版　加藤靖司
印刷・製本　中央精版印刷

ISBN978-4-8460-2130-6
落丁・乱丁本はお取り替えいたします。